KiWi
1682

W0304245

Das Buch

Der Sommer 1914 begann für den jüdischen Leutnant Edgar Stern im beschaulichen Badeort Coxyde, unweit der französischen Grenze. Niemals hätte er sich vorstellen können, dass in nur wenigen Wochen Krieg ausbrechen könnte, und niemals hätte er sich träumen lassen, dass er in ebenjenem Krieg der Hauptakteur eines kuriosen Plans werden würde, der Deutschland einen schnellen Sieg bringen sollte: Wenn es gelänge, dass der türkische Sultan für das befreundete Deutsche Reich den Dschihad ausruft und sich daraufhin alle Muslime – vor allem die in den Kolonien – gegen die britischen und französischen Gegner erheben, müsste die Schlacht schnell entschieden sein. Um die Gunst des Sultans zu gewinnen, wollte man einige muslimische Kriegsgefangene feierlich in Konstantinopel freilassen. Doch mussten diese Kriegsgefangenen dazu möglichst unauffällig durch halb Europa geschleust werden. Und dazu brauchte man einen wie Edgar Stern.

»Humorvoll, bündig, phantasiereich, ernsthaft – So zeigt sich Jakob Hein in seinem von einer aberwitzigen Vergangenheit erzählendem Buch.« SWR

Der Autor

Jakob Hein, geboren 1971 in Leipzig, lebt seit 1972 mit seiner Familie in Berlin. Er arbeitet als Psychiater. Seit 1998 ist er Mitglied der »Reformbühne Heim und Welt«. Er hat inzwischen 14 Bücher veröffentlicht, bei KiWi u. a. »Wurst und Wahn« (2013) und zuletzt »Kaltes Wasser« (2017).

Jakob Hein

Die Orient-Mission des Leutnant Stern

Roman

Kiepenheuer & Witsch

MIX
Papier aus verantwortungsvollen Quellen
FSC® C014496
FSC
www.fsc.org

Verlag Kiepenheuer & Witsch, FSC-N001512

2. Auflage 2019

© 2018, 2019 Verlag Kiepenheuer & Witsch, Köln
Alle Rechte vorbehalten. Kein Teil des Werkes darf in irgendeiner Form (durch Fotografie, Mikrofilm oder ein anderes Verfahren) ohne schriftliche Genehmigung des Verlages reproduziert oder unter Verwendung elektronischer Systeme verarbeitet, vervielfältigt oder verbreitet werden.
Umschlaggestaltung Manja Hellpap und Lisa Neuhalfen, Berlin
Umschlagmotiv © Eminön Istanbul Turkey, ca. 1890
Retrieved from the Library of Congress
Lektorat Esther Kormann
Gesetzt aus der Malabar von Dan Reynolds
Satz Felder KölnBerlin
Druck und Bindung GGP Media GmbH, Pößneck
ISBN 978-3-462-05338-8

STERN

Am Strand

Der große Krieg begann für Stern als griechische Vokabel, serviert auf einem Silbertablett in die beschauliche Stille eines Nachmittags in einem abgelegenen belgischen Badeort hinein. Tonie, der Page, hatte ihm das Telegramm seines Vaters in die Bar des Hotels *Nynfea* gebracht, in dem die Familie immer abstieg, wenn sie an der belgischen Küste Erholung suchte. Stern hatte gerade mit Claus von Below-Saleske im Salon zusammengesessen. Der Generalkonsul wollte gemeinsam mit Stern bei einer Tasse Mokka die Zigarren prüfen, die er sich am Vormittag auf dem Zavelplein gekauft hatte. Die Frauen hatten sich ihrerseits zu Plaudereien zurückgezogen.

In Ostende war das gemeine Volk, und damit so viel Lärm, Dreck und Gestank, dass es gar nicht notwendig gewesen wäre, dafür die Enge der Stadt zu verlassen. Zudem hatte die deutsche Sitte des Strandburgenbaus dort Einzug gehalten, die jedem kulturvollen Menschen die

Urlaubslaune verderben musste. Stern fuhr viel lieber hierher nach Coxyde an der französischen Grenze, wo es bei aller Bequemlichkeit und Modernität insgesamt nobler zuging. Hier gab es die besseren Restaurants und seit einigen Jahren sogar ein großzügig gebautes Lichtspielhaus, in dem die neuesten Filme aus aller Welt gezeigt wurden.

Die leichte Patina gehörte zum Charme des *Nynfea* und die leichte Staubschicht zu den Büchern der kleinen Bibliothek des Salons, dafür waren es von der Terrasse nur ein paar Schritte zum Strand, für die Hotelgäste standen eigene Strandkörbe bereit und, anders als in Ostende, fand man jederzeit eine freie Umkleidekabine. Der Sommer 1914 war bisher ungetrübt gewesen. Die Sonne schien, die Temperaturen waren angenehm, die Möwen standen vergnügt schreiend am Himmel. Stern hatte mit einer auserlesenen Gesellschaft französischer und deutscher Freunde einige sehr erholsame Tage und Nächte verbracht. Ganz abgesehen davon war er das erste Mal mit seiner Verlobten in Coxyde, und da er in ihrer Gegenwart allerorten Glück empfand, fühlte er hier mit ihr Vollkommenheit.

»Die Ostsee«, dozierte Below-Saleske, »bietet angenehmere Bedingungen zum Baden. Aber auch das hiesige Klima ist nicht zu verachten und der Gesundheit äußerst zuträglich.« Da der Familiensitz des Generalkonsuls Saleske war, ein kleiner Ort in Pommern fast direkt an der Ostsee, sah sich der Generalkonsul gewissermaßen in der Pflicht, eine Lanze für seine Heimat zu brechen. Und Stern verdarb ihm diese Pflicht nicht mit dem Einwand, dass es in Pommern keine belgischen Waffeln zum Frühstück gab, keine französischen Austern zum *Dîner* und keine Zigarren aus den holländischen Überseegebieten. Hier in Coxyde wussten sie sich allesamt glücklich am schönsten Ende der Welt gestrandet, Belgier, Engländer und Holländer, Deutsche und Franzosen.

Später erfuhr Stern, dass es auf dem Frankfurter Telegrafenamt Bedenken gegeben hatte, die ursprüngliche Nachricht des Vaters aufzugeben, zudem hatte man diesem gesagt, dass in der bestehenden Lage nicht mehr davon auszugehen sei, dass die Nachricht vom Amt in Brüssel weitervermittelt werde. Darum hatte sich Sterns Vater einen Trick ausgedacht und gehofft, dass seinem Sohn auch unter dem reformierten, sogenannten Frankfurter Lehrplan am Goethe-Gymnasium genügend Griechisch beigebracht worden war, seine leicht verschlüsselte Botschaft zu verstehen: »Empfehle sofortige Heimkehr – Polemos«. Dass er diese Nachricht als Telegramm aufgegeben hatte, fügte der Nachricht automatisch ein Ausrufezeichen bei.

»Mein lieber Herr Generalkonsul«, sagte Stern, nachdem er das Telegramm zweimal gelesen hatte, »ich fürchte, wir werden unverzüglich abreisen müssen.« Bedauernd legte er die Pintura vorzeitig im Aschenbecher ab, wo sie ausgehen würde, während er seine Koffer packte. Sterns Vater neigte als Besitzer einer großen Textilfabrik mit gut zweihundert Arbeitern nicht zur Übertreibung. Immer wieder ereigneten sich Probleme in der Fabrik, ein kleiner Brand, der ausbrach, ein Lieferant, der falsche oder fehlerhafte Stoffe lieferte, der Ausbruch von Ruhr unter den Arbeiterinnen, der die Produktion für Tage stilllegte. Vater Stern hatte bei solchen Ereignissen niemals Zeichen besonderer Unruhe gezeigt, sondern war immer ruhig zur Tat geschritten. »Schritt für Schritt« war gewissermaßen sein Motto. Dass er nun ein Telegramm verfasste und dies auch noch das griechische Wort für »Krieg« enthielt, ließ bei Stern keinen Zweifel daran aufkommen, dass eiliges Handeln geboten war.

Vor ein paar Wochen war bei ihrem Umstieg im Brüsseler Gare Centrale die Aufregung nach den Schüssen von Sarajevo noch spürbar gewesen. Die Zeitungen überschlugen sich mit den wildesten Gerüchten, die sich wie Epidemien verbreiteten. Aber in der hübschen Bimmelbahn, die sie an der Küste entlang zu ihrem Badeort fuhr, verstummte das wilde Summen spätestens hinter Ostende und machte der guten Luft und der Vorfreude Platz. Warum sollten sich Franzosen und Deutsche schon wieder bekämpfen, wenn man doch so friedlich und freundlich miteinander im Zugabteil sitzen und sich auf seinen Badeurlaub freuen konnte? Es würde schon nichts passieren, seit Jahren rasselten alle möglichen Mächte mit ihren Säbeln und doch war nie etwas Schlimmes geschehen. Kein Grund also den Badeurlaub zu verschieben.

Nun aber war es wohl tatsächlich geschehen. Der Krieg war ausgebrochen. Zwar noch nicht hier in Coxyde, wo Stern und alle anderen Deutschen, die seiner Warnung Glauben schenkten, hektisch die Koffer packten und den nächsten Zug zu erreichen hofften. Vor den Fenstern der schönen Villa des *Nynfea* wehte immer noch die gleiche Sommerluft wie zuvor vom Meer herüber und aus der Küche drangen wieder die schönsten Düfte nach oben.

Auch die kleinen Orte im Hinterland wie Veume und Diksmuide sahen durch die Zugfenster noch genauso verschlafen aus, wie sie das bei der Hinreise getan hatten. Aber schon als sie in Brügge umstiegen und auf den Zug nach Brüssel warteten, lag etwas Neues in der Luft. Eine unbestimmte Spannung und ungläubige Blicke auf Zeitungsschlagzeilen waren zu einem allgemeinen Gemurmel angeschwollen, junge Männer, noch zivil gekleidet, gaben sich schon wie Soldaten. In Gent füllte sich der Zug weiter mit solchen zukünftigen Soldaten, die ihren Patriotismus in die Hauptstadt trugen.

»Und was werden Sie tun?«, fragte Stern den Generalkonsul diskret auf Französisch. Es schien nicht ratsam, sich hier in ihrer Muttersprache zu unterhalten. Die Frauen schauten angespannt aus dem Zugfenster.

»Ich werde mich zunächst in Kenntnis setzen, wie

meine Anweisungen vom Amt lauten«, antwortete Below-Saleske. »Ich nehme an, dass mein Auftrag sein wird, im Namen der Regierung nachzufragen, auf welcher Seite Belgien im Krieg zu stehen beabsichtigt, und dass ich dann bald die Gesandtschaft aufzugeben haben werde.«

»Meinen Sie?«

»Ganz bestimmt wird sich Brüssel nicht auf die Seite der *boches* stellen. Würde das Land von Flandern aus regiert, wäre das eine andere Frage, aber eine wallonische Hauptstadt wird nie auf der Seite von Germanen stehen.«

»Und dann?«

»Was weiß ich? So ein Krieg ist ein großes Unterfangen. Da wird sich sicher auch für mich eine Verwendung finden. Schade ist das eigentlich«, seufzte der Generalkonsul, »nicht mal ein Jahr bin ich dann in Brüssel gewesen. Speziell meine Frau hatte sich nach den Jahren in Bulgarien auf eine Zeit in der Zivilisation gefreut.« Die lächelte nur gequält zu ihnen herüber.

Doch in Brüssel angekommen, schien dort die Zivilisation zumindest eine Pause eingelegt zu haben. »A bas les huns« und »Mort au Kaiser!« skandierten Menschenmassen auf den Plätzen. »Sehen Sie zu, dass Sie heute noch hier herauskommen, junger Freund«, raunte ihm Below-Saleske zu. »Hier werden sich Deutsche nicht mehr lange frei bewegen können.«

»Und was ist mit Ihnen?«, fragte Stern.

»So viel Anstand werden sie sicher noch haben, einem Diplomaten freies Geleit zu gewähren. Aber Sie sollten sich schnellstmöglich in Richtung der Grenze begeben.«

Nach Deutschland fuhren schon keine Züge mehr, aber Stern und seine Verlobte bekamen noch Billetts für die Holzklasse in einem Zug nach Herbesthal, der sicher früher bis nach Eupen durchgefahren war und nun nicht mehr die Grenze passieren sollte. Der ganze Zug war gestopft voll mit Deutschen, die schnellstmöglich das Land verlassen wollten, und es herrschte große Ungewissheit, wie sie über die Grenze kommen würden.

Zum Glück erwies sich das Ganze als wenig problematisch. Schon auf dem Bahnhof in Herbesthal wurden sie von deutschsprachigen Belgiern empfangen, die hier das Geschäft ihres Lebens machten. Diese nämlich, die sich eigentlich als deutsche Landsleute sahen und die als Belgier dennoch bald Kriegsgegner sein würden, brachten die Deutschen für eine Unsumme mit Pferdefuhrwerken aller Art die knapp zehn Kilometer bis nach Eupen, allerdings war in dem Preis der Grenzübertritt an sicherer Stelle eingeschlossen, was natürlich der eigentliche Grund dafür war, dass Stern wie alle anderen die Fahrt in dem mäßig gefederten Kremser buchte.

Als sie wieder auf deutschem Boden waren, sahen sie, dass die ganze Strecke auf deutscher Seite voll mit Zügen stand, Güterwagen beladen mit Pferden, Gespannen und schwerer Artillerie, neben den Mannschaftswagen campierten Soldaten der 1. Armee, alles war gerüstet, bald nach Belgien einzufahren. Das deutsche Militär hatte erkennbar einen Plan. Der Sommer war vorbei.

DIECKHOFF

Nach Berlin

Drei Jahre war es nun schon fast her, dass die Welt gefürchtet hatte, in Marokko würde der große europäische Krieg ausbrechen. Überall auf der Welt hatten sie im August und September 1911 demonstriert, weil die Menschen fürchteten, Deutschland und Frankreich würden über den Konflikt in Afrika in einen Krieg miteinander stolpern. Am Trafalgar Square in London hatten die Menschen für den Frieden demonstriert, mehr als 200.000 Menschen hatten sich seinerzeit im Treptower Park versammelt. Doch mit dem Marokko-Kongo-Vertrag hatte man alles noch einmal schön friedlich regeln können, auch wenn viele unzufrieden waren, dass Deutschland damit wenig mehr als den Frieden gewonnen hatte.

Lediglich der Status von Tanger blieb ausdrücklich ungeklärt, sodass Deutschland dort eine Gesandtschaft unterhielt, wo Dieckhoff im Februar 1914 seinen ersten Auslandsposten im diplomatischen Dienst überhaupt angetreten hatte. Dieckhoff war Attaché unter Freiherr von Seckendorff, es war ein ungeheures Glück, dass er es – als nichtadliger Katholik – überhaupt in den diplomatischen Dienst geschafft hatte, zehn Jahre zuvor wäre so etwas noch undenkbar gewesen. Für Bürgerliche war damals überhaupt nur der Konsulardienst infrage gekommen, der ihm langweilig erschien. Aber in diesen modernen Zeiten hatte er vor der Wahl gestanden: Weiter im Straßburger Polizeipräsidium die Leiter nach oben zu klettern oder als Diplomat die große weite Welt zu befahren.

Und nun war er bald ein waschechter Diplomat, alles, was ihm dazu noch formal fehlte, war die Verteidigung seiner Abschlussarbeit über seine Heimat, das Elsass unter dem Regnum des Sonnenkönigs. Von Seckendorff hatte sich erwartet großzügig gezeigt und Dieckhoff völlig unkompliziert die Erlaubnis gegeben, von Ende Mai bis Anfang Juli 1914 seinen Posten in Tanger zu verlassen, damit er im Amt der Berliner Wilhelmstraße seinen Abschluss zu einem guten Ende brächte. »Machen Sie mir keine Schande«, hatte der Gesandte ihm leutselig auf den Weg mitgegeben. Dieckhoff hatte ihn in den letzten Wochen stets tatkräftig und zuverlässig bei seiner Arbeit unterstützt, wiederholt hatte von Seckendorff den jungen Attaché gelobt und immer wieder seine Überzeugung zum Ausdruck gebracht, dass der junge Kollege alles gut zuwege bringen werde. Der unter dem Adel so verbreitete Dünkel gegenüber Bürgerlichen war von Seckendorff glücklicherweise fremd. Und so war Dieckhoff der Überzeugung, dass seine Reise in die Heimat unter einem sehr glücklichen Stern stand.

TASSAOUT

Aus Megdaz

Für die Ait Attik bedeutete es nie etwas Gutes, wenn sie vor den Mauern der Kasbah von Megdaz Staub aufsteigen sahen. Das hatte der alte Lahcen immer wieder gesagt, wenn sich die Männer aus Ait Hamza, Ait Ali n'Ito, Fakhour, Tifticht und Imziln versammelt hatten, um über Hochzeiten, die Ernte und die Tiere zu sprechen. Sie tranken Minztee, aßen Walnüsse und Datteln aus der Fint und natürlich war es vor allem der Lehrer, der zu ihnen sprach. Der Levante brachte den Staub und die Dürre nach Megdaz, Tiere und Menschen kamen auf dem Weg entlang des Oued Tassaout zu ihnen herüber. Allein reisende Händler oder die Ait Attik liefen dabei ruhig und kannten die Wege, nur berittene Eindringlinge, die nicht kamen, um sich der allseits gerühmten Gastfreundschaft der Ait Attik zu erfreuen, verursachten Staubsäulen wie der trockene Westwind.

Die Kasbah, deren Tore reich verziert und deren Innenräume nicht nur wegen der blau glänzenden Fliesen angenehm kühl waren, hatten die Urväter vor langer Zeit errichtet, als die Ait Attik ihre Reise aus Syrien, dem Land der Vorväter, beendet hatten, um sich hier im Atlas niederzulassen. Die Kasbah hatte die Ernten und das Volk selbst immer wieder geschützt gegen die Dürre, die wilden Tiere, die Stürme des Winters und gegen kriegerische Eindringlinge. Und sie alle, die Stürme, die Tiere, die Dürre und die Eindringlinge, waren aufgetaucht als Staubsäulen, die von Ifoulou her aufstiegen. Heißes Öl hatten sie auf die Eindringlinge gegossen, so erzählte es Lahcen, Speere auf die Tiere geworfen, sich tief eingegraben in die Verliese, wenn der Sandsturm über Megdaz kam.

Aber was hätten sie tun sollen, als die Franzosen mit ihren vielen Pferden und Gewehren nach oben kamen und forderten, dass Lahcen ihnen fünfzig junge Männer gab, wenn sie nicht die Kasbah und ihre Dörfer brennen sehen wollten? All ihr Öl und all ihre Waffen hätten nicht ausgereicht, um die Franzosen mit ihren Gewehren zu vertreiben. Der alte Lehrer hatte um fünf Tage Zeit gebeten, eine Versammlung der Ait Attik einzuberufen, auf der sie darüber beratschlagen konnten, wie zu verfahren sei. Unterleutnant Bernard hatte ihnen drei Tage gewährt, unter der Bedingung, dass er und seine Expedition in der Kasbah einquartiert und bewirtet wurden. Alle Speisen und Getränke für die Franzosen musste immer zuerst einer ihrer Ältesten kosten, die Franzosen wollten nicht vergiftet werden, dabei teilten die Ait

Attik ihre Speise immer mit ihren Gästen, waren diese nun Freunde oder hatten sie sich selbst eingeladen, sie hätten nicht einmal gewusst, wovor die Franzosen sich fürchteten. Der Unterleutnant war ein ruhiger Mann, der nur seinen Auftrag ausführen wollte, keine Hyäne im Körper eines Menschen wie Kapitän Blaive, dem sie später in Merrakec in die Hände fallen würden, der sie alle immer nur *salearabes* nannte und schlimmer als Tiere behandelte.

Lahcen sagte auf der Versammlung, er habe keine Zweifel an der Entschlossenheit der Franzosen, Dörfer und Kasbah in Brand zu setzen. Er sagte, hinter der Wüste, hinter dem Meer, in der Heimat der Franzosen, sei ein großer Kampf ausgebrochen und die Franzosen würden jeden Mann brauchen, jeden Berber, jeden Araber, jeden Gnawa, alle. Fünfzig Männer sei eine große Zahl, aber besser als das Ende der Ait Attik sei es allemal. Und darum müssten sie den Franzosen das geben, was sie verlangten. Jede Familie solle zwei junge Männer geben, die Ait Attik seien ein mutiges Volk. Zwar sei das schwer für jede Familie, aber die Familien sollten auch nicht traurig sein: Ihre Männer würden den Ruhm der Ait Attik in die ganze Welt tragen und schon bald zurückkehren nach Megdaz, mit vielen Ehren und Schätzen beladen. Denn ein Kampf, in dem die Ait Attik an der Seite der französischen Gewehre kämpften, könne von den Gegnern nicht gewonnen werden.

Tamanart war der älteste Sohn in ihrer Familie, er

musste für die Eltern, seine Frau Tamayyurt, für Tanirt, die noch nicht verheiratet war, für das Haus und alle Tiere und Menschen darin sorgen. Also hatte Tassaout, der Zweite, Abschied nehmen müssen, hatte seine Sachen gepackt und sich mit den anderen Männern auf einen der Viehwagen von Unterleutnant Bernard gesetzt, mit denen sie nach Merrakec gebracht wurden, die Rote Stadt, die die Franzosen *marrakech* nannten. Hier angekommen, trennten sie sofort alle Ait Attik, die Stämme und Familien durften nicht zusammenbleiben.

Zu seinem Glück war Tassaout in seiner Abteilung auf Aderfit getroffen, einen Berber aus Merrakec, der für die Franzosen gearbeitet hatte und neben Tamazigh auch Französisch und Arabisch sprach. Aderfit konnte ihm sagen, welche Befehle und Beschimpfungen die französischen Offiziere ihnen immerfort zuriefen. Aderfit wusste auch, woher die Gnawa, die vielen Schwarzen aus ihrer Gruppe, kamen. Die Marokkaner hatten deren Vorväter, Menschen aus Mali und Senegal, in der alten Zeit geraubt und als Sklaven verkauft. Erst seit wenigen Generationen sei solcher Handel verboten, war der letzte Menschenmarkt von Merrakec geschlossen worden. Zurückgeblieben seien die Gnawa, die nun zwar nicht mehr Sklaven waren, dennoch ohne Land und Besitz in den Städten lebten, im Land ihrer Vorväter unbekannt waren und von den Marokkanern nicht viel besser behandelt wurden als in früheren Zeiten.

»Aber warum sind hier so viele Gnawa, warum so viele

Berber? Warum sind kaum Araber unter uns?«, fragte Tassaout.

»Was soll die Frage, mein Bruder?«, sagte Aderfit. »Warum sollte sich der Sultan von seinen eigenen Leuten trennen?«

»Du meinst, Mulai Yusuf gibt den Franzosen mit Absicht keine Araber für den großen Kampf?«

»Den Franzosen ist das doch egal. Die können doch einen Berber oder einen Araber nicht einmal von einem Gnawa unterscheiden, und wäre der so schwarz wie Ruß. Sie verlangen vom Sultan einfach Köpfe. Und er gibt ihnen Köpfe. In den Augen der Franzosen ist Mulai Yusuf auch nicht viel mehr als ihr Sklave.«

»Pass auf, was deine Zunge spricht!«

»Und was sollen sie tun, wenn sie mich hören? Wie wollen sie mich bestrafen? Mich meinem Heim entreißen und an die Franzosen verschenken? Das Schicksal widerfährt mir bereits. Stell dir vor, sie töten einen von uns. Und dann? Brauchen sie wieder einen Mann mehr, den sie den Franzosen geben müssen, und wo sollen sie den hernehmen? Das ist das Schöne an unserer Lage: Es kann nicht mehr schlimmer kommen. Du weißt, wie es bei uns heißt: Es ist besser, Meerwasser zu trinken, als der Unfreundlichkeit der Trinkwasserhändler ausgesetzt zu sein. Nein, so wahr ich hier mit dir spreche, mein Bruder, so wahr ist es, dass Mulai Yusuf uns an die Franzosen verraten hat, weil Mouha Zayani schon Truppen sammelt, um gegen ihn zu kämpfen, um selbst

Sultan zu werden. Darum braucht Mulai Yusuf jeden Araber, jeden Mann, der auf seiner Seite kämpft. Und uns und die Gnawa hat er zusammentreiben lassen, als wären wir immer Sklaven geblieben.«

»Du meinst, es kommt auch in Merrakec bald zum Kampf?«

»Eher heute als morgen, mein Bruder. Merrakec soll nicht mehr sicher für den Sultan sein, es heißt, dass er schon bald seinen Palast nach Arbat verlegen wird.«

Von Merrakec marschierten sie in großen Kolonnen nach Anfa, das bei den Franzosen *Casablanca* hieß, dort trafen sie weitere Alaquiten und Marokkaner und Gnawa. Es schien, als hätten die Marokkaner jeden Schwarzen, den sie finden konnten, den Franzosen überstellt. Sie marschierten zum Hafen und für einen kurzen Moment sah Tassaout zum ersten Mal das Meer, dieses riesige Wasser, das er nur aus alten Märchen der Ait Attik kannte. Aber er hatte keine Zeit, dieses unglaubliche Bild länger zu betrachten, weil man sie alle rasch unter lautem Geschrei in ein riesiges Schiff stopfte.

Die Überfahrt war bei Weitem das Schlimmste, was Tassaout in seinem Leben widerfahren war. Stunden, Tage, Wochen saßen sie in einem übel riechenden, ganz und gar dunklen Raum, der fortwährend schwankte. Sein Leben hatte er unter freiem Himmel, oft stundenlang allein im Gebirge verbracht. Hier war es dunkel und eng, überall hörte man Männer stöhnen und sich übergeben, wohl keiner von ihnen war jemals in so einem großen Boot gefahren. Der muffige Gestank ihres Verlieses verschlimmerte sich von Tag zu Tag durch die Ausscheidungen der Männer. Zweimal am Tag kamen die Franzosen herunter und brachten ihnen Wasser und irgendwelche Nahrung, einer der Gefangenen durfte dann auch herausgehen und die zwei Eimer mit ihren Exkrementen ausleeren. Das waren die Momente, wo etwas Licht in ihr Gefängnis fiel.

Tassaouts einziger Trost waren Aderfit und seine Erzählungen. Er erzählte ihm immerfort vom Meer, dass das Schwanken ihres Schiffs nicht von den Winden, sondern von den Wellen auf dem Wasser kam, und die Gnawa beschworen mit ihren sich immer wiederholenden Gesängen die Geister, die guten, dass sie ihnen beistehen mögen, und die bösen, dass sie die Überfahrt nicht begleiten sollten. Tassaout hätte gern auf das Meer geschaut, aber sie waren hier unten eingesperrt.

Früher, zu Hause, war er schon als Junge mit einem Esel viele Tage durch die Berge geritten bei größter Trockenheit und Hitze. Früher war es ihm geschehen, dass er wochenlang nicht viel mehr als ein paar Nüsse gegessen und sich einmal beim Sturz das Bein gebrochen hatte. Aber im Bauch dieses riesigen Holzungetüms in einer Matte zu hängen, so schlecht gewoben, wie sie kein Kind in Megdaz jemals hergestellt hatte, wo die Frauen kunstvolle Teppiche herstellten, jeder immer anders schön, in dieser Matte, inmitten Hunderter anderer Matten, in denen Hunderte andere Männer aus Marokko mehr hingen als lagen, fühlte er sich wie eine Larve, wie man sie in den kleinen Höhlen finden konnte, kurz bevor aus ihnen die giftigen Hundertfüßer krochen. In Megdaz hatten sie sich in die Trockenheit erleichtert, der Wind hatte jegliche Gerüche davongetragen und im Gegensatz zu den Berbern hatten sie die Exkremente praktisch nie zum Feuern benutzen müssen. Aber hier, im Bauch des Schiffes, war Tassaout den Gerüchen und Ausscheidungen aller seiner Mitgefangenen ausgeliefert, dem Stöhnen, dem Gestank, dem Schwanken des Schiffes. Er übergab sich auch nicht öfter als die anderen und konnte im Lauf der Überfahrt den grün-grauen Brei, der ihnen dort unten serviert wurde, gelegentlich bei sich behalten.

STERN

An der Front

Ein paar Tage später war auch Stern ganz unter den Barbaren angekommen. Von seiner Theodora hatte er gleich nach ihrer Rückkehr Abschied nehmen müssen und sich beim Militär gemeldet. Jetzt war er Offizier im 1. Westfälischen Pionier-Bataillon Nr. 7 und hatte die Aufgabe, am rechten Rheinufer eine zweite Auffanglinie vorzubereiten, falls die Franzosen die Frontlinie durchbrechen sollten. Das bedeutete, für Kabel, Gräben und andere technische Vorkehrungen schöne alte Weinberge, die Resultate von Generationen rheinischer Winzerkunst, in Tagen zu vernichten. Stern konnte ohnehin noch nichts davon begreifen. Seit er denken konnte, war seine Familie so selbstverständlich nach Frankreich wie in die Schweiz gefahren. In Coxyde hatte sie sich mit der Familie des Arztes Victor Boley befreundet und es war dem jungen Stern erlaubt worden, – erst fünfzehnjährig – erstmals auf eigene Faust zur Familie Boley eine Urlaubsreise zu machen.

Bei diesem Aufenthalt auf dem schönen Anwesen in Gespunsart, wo schon die Kinder regelmäßig Wein tranken, hatte Stern auch den ersten Vollrausch seines Lebens erlitten. Dr. Boley hatte ihn gerade noch davor retten können, im Springbrunnen vor dem Schloss zu ertrinken. An den drei folgenden Tagen hatte Stern sich nur von Carbana-Bitterwasser ernährt, aber im Gegensatz zu anderen Frankfurter Jungen, deren erster Rausch meist durch Apfelmost verursacht worden war, konnte sich Stern zeitlebens rühmen, bei seinem ersten Mal durch Champagner in der Champagne betrunken gewesen zu sein.

Magdelaine Boley, die bei seinem ersten Aufenthalt noch ein spindeldürres siebenjähriges Mädchen gewesen war, hatte sich acht Jahre später in ihrem klösterlichen Internat in einen schweren Fall von Verliebtheit in Stern hineingeschrieben. Nahezu täglich erreichten ihn damals verliebte, verzweifelte, schwelgende und schwelende, in jedem Fall aber lange Briefe voller Temperament. Es war so weit gekommen, dass Stern sich gleichzeitig so geschmeichelt und so gedrängt gefühlt hatte, dass er im Jahr 1911 aus purem Anstand bei Dr. Boley um Magdelaines Hand angehalten hatte. Doch zum Glück hatte der die Lage richtig eingeschätzt und Stern nur ausgelacht.

»Edgar, Sie sind mir fast so lieb wie ein Sohn, aber auf dieses Abenteuer wollen wir bitte beide verzichten. Was, wenn sich Deutschland und Frankreich erneut in einem

Krieg wiederfinden? Mindestens einen von uns, vermutlich uns beide würde das kreuzunglücklich machen.« Es folgten noch ein paar besonders schmerzvolle Briefe von Magdelaine aus dem Internat im Nonnenkloster, danach aber verlobte sie ihr Vater mit einem Arzt im Jura, was sicher für alle Beteiligten das weitaus Beste war.

In jedem Fall war Stern die Einschätzung des deutsch-französischen Verhältnisses durch seinen väterlichen Freund damals völlig unsinnig vorgekommen. Zu viele Gemeinsamkeiten gab es zwischen Deutschland und Frankreich, es war Stern im Zeitalter der Aufklärung, der Maschinen, der industriellen Zusammenarbeit nicht mehr möglich erschienen, dass sich die beiden Länder in einen geradezu mittelalterlich anmutenden Krieg begeben sollten. Er selbst hatte Frankreich unzählige Male bereist, die Landesgrenze bedeutete für ihn nicht mehr als eine lästige Notwendigkeit.

In einer typischen Wendung der Tyche hatte Stern im Übrigen die Liebe seines Lebens dennoch dort, auf dem Anwesen der Boleys in den Ardennen, gefunden. Im Sommer 1913, es war nicht mehr lang bis zu seinem 30. Geburtstag und seine Eltern hatten langsam schon ihre Hoffnungen auf eine Ehe begraben und sich darauf eingestellt, einen Hagestolz zum Sohn zu haben, hatte Stern das Fräulein Rubarth kennengelernt, die sich bei den Boleys von ihren Studien an der Universität Nancy erholte. Dass ihr Name Gottesgeschenk bedeutete, war Edgar mehr als zutreffend erschienen. Theodora wollte in den höheren Lehrberuf eintreten, sie war schön und klug und stammte aus einer überaus gelehrten Familie. Ihr Großvater hatte das Morphium entdeckt und ihr Onkel das Medialfernrohr. Und auch wenn man sich darüber streiten konnte, ob Geseke eher dem Sauerland, dem Paderborner Land oder womöglich doch der Westfälischen Bucht zuzurechnen ist, war es doch unstrittig, dass erwähnte Tyche, die lateinisch auch Fortuna genannt wurde, hier in den Ardennen zwei Menschen zueinandergeführt hatte, deren Familiensitze nur wenige Bahnstationen voneinander entfernt lagen.

Schon im Mai 1914 hatten sie sich verlobt und es war geplant, dass sie im Jahr darauf heiraten würden. Als der Krieg ausbrach, hätten sie rasch noch heiraten können, wie das so viele taten, kurz bevor die Männer ins Feld zogen. Gewissermaßen unter dem Eindruck des Augusterlebnisses verheiratete man sich einander sowie mit dem Vaterland, bevor dann der Mann unter dem Absingen patriotischer Lieder an die Front zog. So standen lange Schlangen vor den Standesämtern, die auch ihren Einsatz fürs Vaterland zeigen wollten und im Schnellverfahren die Kriegstrauungen durchführten.

Doch Edgar und Theodora hatten sich gegen diese Art der Eheschließung entschieden. Sie liebten einander vollständig und waren beide insgeheim gar nicht begeistert von diesem Krieg. Aber nun hatte Edgar so viele Jahre auf sein Glück gewartet, hatte seine Schule beendet und seine Berufung als Journalist gefunden, bevor er seine Zukünftige getroffen hatte, dass er jetzt auch noch bis zum Kriegsende warten konnte, bevor sie beide in den Stand der Ehe eintraten. Sehr viel länger als ein paar Monate, das war die allgemeine Einschätzung, würde der Kampf ohnehin nicht dauern.

So stand er nun inmitten dieses Krieges, ließ in der sengenden Augusthitze an den Südhängen Rebstöcke aus den Weinbergen reißen und Kabel in die wertvollen Schieferböden verlegen, falls die Franzosen auf den Rhein vorrücken sollten. Es war nicht auszuschließen, dass Magdelaines Bruder, der beinahe sein Schwager geworden wäre, als Offizier bei den Franzosen kämpfen würde. Daher war Stern alarmiert, als eines Tages die Glocken der im Ort gelegenen Kirchen unaufhörlich läuteten. Das war sicher keine Hochzeit. Ihr Hauptmann ließ seine Ordonnanz in den Ort hinunterreiten, von wo sie mit der Nachricht zurückkam, dass nun auch England in den Krieg eingetreten sei.

»Nun können wir nur noch beten und hoffen, dass Gott kein Engländer ist«, sagte ihr Hauptmann, im Zivilberuf Gymnasialdirektor. England war eine Großmacht, die nicht nur über eine starke Industrie verfügte und als größte Seemacht die Weltmeere beherrschte, sondern auch Millionen von Menschen in den Kolonien hatte, die einen nahezu uneingeschränkten Nachschub an Truppen bedeuteten.

Seitdem Stern die Bücher und die helle Bekleidung aus der Sommerfrische aus seinem Koffer ausgepackt und gewissermaßen am selben Abend belastbare und praktische Kleidung in den Koffer hineingepackt hatte, seitdem er sich beim Sitz des 1. Westfälischen in Köln gemeldet hatte, weil doch seine Familie aus Münster stammte, seitdem er nur noch in dieser Uniform durch die Hitze lief, vermisste Stern das Schreiben. Zehn Jahre lang hatte er für Stresemann gearbeitet, einen ehemaligen Verbandsvertreter der Schokoladenfabrikanten, später Nationalliberales Dresdner Stadtratsmitglied und schließlich jüngster Reichstagsabgeordneter überhaupt. Stern hatte für Stresemann »alles Journalistische besorgt«, wie der etwas ältere Politiker das nannte, und nebenbei noch Zeit gefunden, in allen möglichen Zeitungen und Zeitschriften zu veröffentlichen. Die *Vossische*, die *Kölnische* und sogar der *Simplizissimus* hatten seine Texte gern gedruckt. Sterns verschiedenen Tätigkeiten befruchteten sich dabei gegenseitig. Durch seine eigene publizistische Tätigkeit war er immer bestens über die Lage der Presse informiert, durch die Arbeit für den Reichstagsabgeordneten über die Weltlage.

In Stresemanns damals entscheidendem Annaberger Wahlkampf hatte Stern mehr über die deutsche Kolonial- und Flottenpolitik lernen müssen, als er sich jemals erträumt hatte. Das junge Deutschland war weit davon entfernt, eine Kolonialmacht zu sein oder auch nur zu werden, und ohne eine große Flotte würde sich dies auch niemals ändern. Allerdings fragte sich nicht nur Stern, ob Kolonien überhaupt noch zeitgemäß waren. Schließlich machte das Deutsche Reich großartige Geschäfte mit fernen Ländern im Orient, wie sie sich Frankreich oder Großbritannien für ihre Kolonien nur hätten erträumen können. Das beste Beispiel dafür war die Bagdadbahn, die von Konstantinopel über Aleppo und Mosul durch fast den ganzen Orient nach Bagdad führte, für deren Erbauung Siemens den Zuschlag bekommen hatte, zur starken Verwunderung und Verärgerung der zuvor siegesgewissen Briten. Die riesige Fläche, die sich zwanzig Kilometer links und rechts der gesamten Bahntrasse erstreckte, würde dem Deutschen Reich laut Vertrag für hundert Jahre zur Nutzung zur Verfügung stehen, Hunderte und Tausende von Hektar ölreichsten Landes. Und das alles, ohne einen einzigen Schuss abgegeben zu haben, ohne die Verwicklungen einer Kolonialverwaltung oder einer feindlich gesinnten Bevölkerung.

Warum sollte man da deutsche Truppen in Länder schicken, deren Völker und Sitten man nicht verstand, warum Geld ausgeben für die Führung entlegener Kolonien, wenn man durch freundschaftliche Geschäftsbeziehungen auf diese einfache Art Geld verdienen konnte? Und am Ende erhielt man statt eines Dolchs zwischen die Rippen sogar noch einen Landesorden von den Eingeborenen an die Brust geheftet.

Ab und zu schrieb Stern einen Brief an Theodora, der Frau seines Lebens. Doch sonst gab es hier nichts zu tun für seinen unruhigen Geist. Und da sich dieser nicht einfach ausschalten ließ wie ein elektrischer Schalter, entwickelten sich bei Stern eigene Überlegungen zum Krieg, die er wie ein Schachspieler auf ihren Gehalt prüfte, verwarf oder weiterentwickelte, er nannte das mentale Ertüchtigung. Und obwohl es weder seinem militärischen Rang noch seiner Aufgabe hier im Entferntesten entsprach, beschäftigte er sich intensiv mit der »englischen Frage«, die viel in der Presse diskutiert wurde. Was, wenn England doch nicht neutral bleiben und mit seinem riesigen Reich aufseiten der Entente in den Krieg eintreten würde?

Zum Glück war sein Hauptmann ein ruhiger Zeitgenosse und die Arbeit in den Weinbergen war vielleicht anstrengend, hatte aber nur wenig mit der blutigen Realität der Frontlinien gemein, Stern genoss daher die Freiheit, seine Planspiele zu entwickeln. Sie waren recht bequem in den Nebengelassen der örtlichen Höfe einquartiert und die Bauern versorgten die Truppe großzügig, natürlich auch mit dem guten Wein der Gegend. Besonders großzügig wurden sie bedacht, wenn die Einheimischen ihnen bestimmte Empfehlungen geben oder Bitten äußern durften, wie Berge und Reben zu schonen waren, was den Verlauf der Befestigungsanlagen betraf, sodass zwar das Notwendige getan wurde, unnötiger Schaden jedoch vermieden wurde.

Sie hatten also durchaus gemütliche Abende bei Käse und Wein in diesen ersten Kriegstagen, die Stern dazu nutzte, seine Pläne gegen England zu entwickeln.

Bei den Berufspionieren, mit denen er hier stationiert war, kannten sich einige mit Sprengstoffen aus, er selbst brachte sein weltpolitisches Wissen mit. Der Pfarrer in Rheinberg stellte ihm einen Atlas zur Verfügung, Auflage von 1904, und somit ausreichend aktuell. Beste Bedingungen für Stern, einen der atemberaubendsten Pläne des noch jungen großen Krieges zu entwickeln.

Als er seinen Plan fertig geschrieben, alles zu Papier gebracht hatte, da schien es ihm vordringlich, dass diese große Lösung des größten deutschen Kriegsproblems sofort an die höchsten Stellen gelangte. Es wäre ihm allerdings Zeitverschwendung, den Plan für seine Kriegslist den langen vorschriftsgemäßen Weg durch die Hierarchien gehen zu lassen. Sein Hauptmann leitete im zivilen Leben ein Gymnasium in Braunfels, was sollte er schon zu einem internationalen Kriegsplan sagen? Also schrieb Stern seinen Vater an und bat ihn, sich mit ihm beim Kölner Kommando zu treffen. Dort übergab Stern seinem Vater zwölf sauber ausgearbeitete, in Schönschrift geschriebene Kanzleibögen.

»Bring das zum Generalstab, lieber Vater. Und bitte: lass dich nicht mit irgendwelchen unteren Rängen abspeisen. Direkt zum kommandierenden General am besten.«

»Was ist das?«, wollte sein Vater wissen.

»Ein Plan, wie wir die Engländer besiegen können«, sagte Stern stolz.

»Bist du übergeschnappt? Hat dir die Hitze zugesetzt?«, fragte sein Vater besorgt.

»Vater! Ich bin nun auch schon über dreißig. Du kannst mir vertrauen.«

»Hat dich denn jemand mit dieser Planung beauftragt?«

»Natürlich nicht. Du kennst das doch. Wenn es für mich nichts zu denken gibt, findet mein Geist von selbst etwas, mit dem er sich befassen kann.«

»Das kenne ich fürwahr«, seufzte sein Vater. Er hielt den Umschlag mit den Plänen hoch. »Und sie stellen mich dann nicht gleich vors Kriegsgericht?«

»Auf keinen Fall. Die einzige Gefahr, die dir droht, ist, dass sie dir gleich einen Orden verleihen.«

Vater Stern schaute seinem Sohn, von dem er natürlich allerlei Eigensinn bereits gewohnt war, besorgt in die Augen, steckte dann aber die Mappe mit den Papieren ein.

TASSAOUT

In Marseille

Im Port-Vièi, dem Hafen in Marseille, waren sie in Viererreihen auf der Kopfsteinpflasterstraße aufgestellt worden, die entlang des Kais verlief, und hatten kaum ein paar Blicke zu den Marktständen werfen können, die sich entlang des Hafenbeckens erstreckten, da waren sie schon von schreienden französischen Offizieren zu einer Kaserne getrieben worden, wo man jedem von ihnen eine Uniform in die Hand gedrückt hatte. Damit waren sie Franzosen.

Tassaout hatte es zuvor nur bei den französischen Truppen gesehen, dass zwei Männer das gleiche Gewand trugen. Es wäre den Frauen von Megdaz vermutlich gar nicht möglich gewesen, zweimal denselben Stoff zu weben. Als sie auf dem Appellhof versammelt wurden, war er plötzlich einer von ihnen, standen viele Hundert Mann in denselben Gewändern mehr oder weniger in Reih und Glied. Ein Mann, der sich als Kommandant Perrin vorstellte, baute sich vor ihnen auf und erklärte, dass sie nunmehr ein Bataillon der *Tirallieur Senégalais* seien. Neben Perrin stand ein Übersetzer, der alles auf Arabisch wiederholte. *Tirallieur* bedeutete *Schütze,* und *Senégalais* nannten sie ihr marokkanisches Regiment wohl wegen der vielen Gnawa.

Nach dem, was Tassaout sehen konnte, war Frankreich, für das er kämpfen sollte, ein scheußliches Land, alles war aus Stein, obwohl sie nicht in den Bergen waren, die Luft stank schrecklich und überall war Lärm, nirgendwo gab es Vögel oder Tiere und es war immerfort kalt und dunkel. Sogar die Nächte waren auf schmutzige Art dunkler als in der Heimat, wo die Sterne und der Mond hell über Megdaz geschienen hatten. In der Kaserne bekam jeder einen Schlafplatz zugewiesen. Tassaout hielt sich an Aderfit, der für ihn von unschätzbarem Wert war. Nur wenige von ihnen sprachen Französisch, aber dank Aderfit war Tassaout immer wieder gewarnt, wussten sie früher als der Rest, wenn etwas Wichtiges geschah. Der Schlafplatz war in Ordnung, ein Bett aus Stroh, nicht viel weniger Platz als zu Hause, nur dass er dort die Unendlichkeit hatte, wenn er vor die Tür trat, während er hier auf den engen Kasernenhof kam und dies auch nur, wenn der Vorgesetzte es gestattete.

Sie zeigten ihnen, wie man ein Gewehr lud und damit schoss. Sie zeigten ihnen, wie sie marschieren sollten und wie die französischen Offiziere zu grüßen waren. Sie liefen im Kreis und bekamen zweimal am Tag scheußliches Essen, nicht so scheußlich wie auf dem

Boot, aber scheußlich genug. Tassaout verstand nicht, wie sie so den Großen Kampf gewinnen sollten, und das war eine Angelegenheit, die auch Aderfit nicht erklären konnte.

Doch eines Morgens mussten sie ganz früh aufstehen, sich die vollen Uniformen anziehen und verließen die Kaserne in Marseille. Aderfit sagte, dass es nach Norden ginge, an die Grenze von Frankreich, es klang so ähnlich wie *trabandu*, aber warum sollte ein Ort *schmuggeln* heißen, das ergab keinen Sinn. Überhaupt war es für Tassaout unfassbar, wie viele verschiedene Sprachen die Menschen benutzten. Zwanzig Jahre hatte er nur eine Sprache gehört, die einzige Sprache, von der die Menschen, die er kannte, jemals gehört hatten. Gut, in Merrakec sprachen sie Arabisch, aber das war normal. Nur hier, in Frankreich, schien jeder eine andere Sprache zu sprechen und auch Aderfit verstand den einen oder den anderen Soldaten mitunter nicht, der behauptete, Französisch zu sprechen.

Sie marschierten und marschierten. Wenn sie aufstanden und so weit nach vorn schauten, wie es ihre Augen erlaubten, auf den unendlichen Alleen von Frankreich, dann konnten sie sicher sein, dass sie am Abend desselben Tages noch viel weiter gewandert sein würden als bis zu diesem Punkt. Die Alleen in Frankreich wollten einfach nicht enden. Irgendwo hinter Avignon flogen endlich keine Möwen mehr über ihren Köpfen, diese verfluchten Spötter, die wie fliegende Hyänen über ihnen gekreist und fortwährend gelacht hatten, bei Valence überquerten sie eine Brücke, in Lyon mussten sie keine Zelte aufbauen, sondern konnten in einer Kaserne schlafen, und so ging es immer weiter, jeden Tag marschieren.

Auch in Megdaz war er manchmal tagelang gelaufen, mit den Herden, mit seinen Brüdern. Das Gras, der Sand und die Steine hatten die Sohlen seiner Füße dabei berührt und geformt, das war die Natur, natürlich hatte Tassaout nicht darüber nachgedacht auf seinen Wegen durch die Berge. Wenn der Wind den Sand über die Bergkämme wehte, hatte er den von seiner Mutter gewebten Tigulmas schützend vor den Mund geknüpft und war weitergezogen. Am Abend hatte er sich beim Feuer unter einem Baum oder in einer Felsnische in seinen Tekatkat gewickelt und ruhig unter dem klaren Himmel geschlafen. Doch hier, auf der längsten Wanderung seines Lebens, musste er die Franzosenuniform tragen mit grauenvoll schweren Schuhen an seinen Füßen, was aber wahrscheinlich sogar besser war, denn hier gab es kein trockenes Gras, keinen trockenen Sand, nur Steine, Nässe und Kälte und die formten zusammen den Matsch, den sie Abend für Abend von ihren Sohlen kratzten. Einen Tigulmas brauchte man nicht, weil der Wind hier nicht Sand, sondern höchstens Wasser durch die Lüfte trieb.

In dieser Uniform, und mit den Stiefeln, dem Tornister und dem Gewehr sah Tassaout seiner eigenen Meinung nach völlig töricht aus, aber das war wohl noch nicht einmal der Grund, warum ihr Regiment in jedem Dorf von den Franzosen angestarrt wurde. Wenn sie durch die Dörfer und Städte liefen, begafften sie die Menschen misstrauisch, alte Männer und Frauen. Die Kinder liefen zu ihnen, die mutigsten fassten einen von ihnen an. Als wären sie seltene Tiere, die hier unter der Aufsicht ihrer Offiziere zur Weide geführt wurden. Jeden Tag dachte Tassaout an die Worte des Lahcen. Er hoffte inständig, dass durch ihren Mut und die guten Gewehre der Franzosen dieser Kampf bald gewonnen sein würde und er reich beladen wieder zurück in den Atlas könnte.

Zu Hause in Megdaz hatte er oft neben den Tieren auf der Weide gestanden und rund um sich die ganze Welt gesehen. Da war nichts außer dem hellen Himmel über ihm und den Bergen darunter. Die Heimat war trocken, manchmal zu trocken, aber die Heimat war immer wunderbar. Wenn es regnete, stellte er sich kurz irgendwo unter und am nächsten Tag waren die Weiden dunkelgrün, überall blühten die Blumen. Jedes Haus, in dem kluge Menschen wohnten, hatte eine Zisterne, in der die seltenen Regenfälle gesammelt wurden. Und hier? Hier ging der Blick immer nur bis zum nächsten Baum, der Regen, der ihnen zu Hause manchmal gefehlt hatte, ging hier immerfort nieder und der Himmel hing so tief, dass die Menschen ihre Köpfe zwischen die Schultern zogen.

Mit jedem Tag wurde es kälter und dunkler. So kalt und dunkel, wie es Tassaout nicht kannte und nie hatte kennen wollen. Nach Norden marschierten sie, ins verfluchte Trabander oder wie es hieß, um für die verfluchten Franzosen zu kämpfen, die sie dreckige Araber nannten, obwohl sie doch die Araber in Merrakec beim Sultan vergessen und stattdessen Gnawa und Berber auf ihre Schiffe geladen hatten.

Als es ganz dunkel und ganz kalt war, wahrscheinlich waren es von hier aus nur noch wenige Schritte bis zum Ende der Welt, sagte man ihnen, sie seien in Ypern und sie hätten jetzt das Ziel ihrer Reise erreicht. Was dieses Ypern war, blieb ihm ein Rätsel. Um sie herum gab es nur Wälder im schwarzen Schlamm unter grauem Himmel, aus denen dieses Frankreich bestand. Sie, die *Senegalais,* wurden auf die kämpfenden Einheiten verteilt. Sie sollten nie allein, immer nur zusammen mit echten Franzosen kämpfen, damit nichts Unvorhergesehenes passierte. Tassaout war es recht, solange er gemeinsam mit Aderfit gehen konnte. Was und wie und warum sollte er auch allein oder überhaupt für Frankreich kämpfen, von dem er nur die Straßen, die gaffenden Menschen, die Kasernen und die Offiziere kannte?

Sie bekamen Spaten und es wurde ihnen gezeigt, wie sie die Verteidigungsanlagen zu bauen hatten. Es ginge darum, sagte der Offizier, einen Durchbruch des Feindes zur Küste zu verhindern. Offenbar hatte Frankreich in seinem Norden noch ein Meer und das sollten sie nun verteidigen. Von überall und immer hörte man den Donner wie von den Gewitterstürmen, die über dem Atlas aufziehen. Das sind Kanonen, Geschütze, sagte Aderfit. Riesige Gewehre, die mit einem Schuss viele Männer töten konnten.

STERN

Leipziger Straße

Vier Tage nachdem er seinem Vater den Brief ans Ministerium mitgegeben hatte, wurde er vom Rittmeister persönlich geweckt.

»Sind Sie denn wahnsinnig, Mann?«

Noch schläfrig und benommen, schaute Stern den Offizier nur ratlos an.

»Sie können doch nicht einfach die gesamte Befehlskette ignorieren und die wertvolle Zeit der Generalität vergeuden. Sie bringen uns in Teufels Küche.«

Stern setzte sich auf, er war mit einem Schlag hellwach. »Haben Sie Nachrichten?«

»Nachrichten? Das kann man wohl sagen. In meinen Händen halte ich ein Schreiben vom Generalstab, dass der mit Edgar Stern gezeichnete Plan höchst beachtlich sei und seine Weiterleitung an das Kriegsministerium empfohlen wird. Es wird weiterhin empfohlen, dass Leutnant Stern die entsprechende Planung im Ministerium persönlich vorzustellen habe.«

Stern jubelte innerlich. Sein Vater hatte es tatsächlich fertiggebracht, den Plan erfolgreich zu platzieren. Er richtete sich auf. »Herr Hauptmann! Ich habe diese Planung persönlich zu verantworten und würde sie daher mit Ihrem Einverständnis auch gern in Berlin vorstellen. Bitte um die Genehmigung von drei Tagen Sonderurlaub.«

»Von mir aus können Sie gern drei Wochen wegbleiben«, seufzte der Rittmeister. »Wir brauchen hier Soldaten, die Verteidigungsanlagen herstellen und Befehle befolgen. Mit Ihren Plänen sind sie vielleicht eher was für die Fliegertruppe.« Die Worte des Rittmeisters würden sich als eine geradezu prophetische Einschätzung erweisen. Obwohl ihm der Hauptmann nur drei Tage Urlaub testierte, kehrte Stern den ganzen Krieg lang nicht mehr in die rheinischen Weinberge zurück. Er packte seinen Koffer und ließ sich von einer Wagonette hinunter zum Bahnhof bringen. Über Aachen, Köln, Münster und Hannover erreichte er in der Lehrter Bahn den gleichnamigen Berliner Bahnhof. Aus Sicht des Krieges war die Hauptstadt nur Hinterland und aus Sicht der Hauptstadt war der Krieg nur eine Propagandaaktion. Die Preußischen Staatseisenbahnen fuhren weiterhin pünktlich und in Berlin herrschte buntes Treiben, lediglich die Lebensmittelpreise waren gestiegen. Stern mietete sich bei einer freundlichen Wirtin in ein Zimmer ein, das sehr bequem eingerichtet war, da es ihr Sohn erst vor Kurzem verlassen hatte, um beim Fußregiment »von Linger« des I. Armee-Korps in Allenstein zu dienen.

Am nächsten Morgen nahm Stern die Straßenbahn N bis zur Leipziger Straße, auf der ein ängstlicher Mensch leicht um sein Leben fürchten musste. Der Kaiser mochte das Automobil für eine vorübergehende Erscheinung halten, dennoch waren auf den Straßen seiner Hauptstadt in den vergangenen zehn Jahren viele dieser Erscheinungen dazugekommen, dazu fuhren noch bäuerliche Pferdefuhrwerke – irgendwie musste das Brandenburger Gemüse ja in die Markthallen kommen –, Pferdebusse, außerdem Fußgänger und Radfahrer, die sich alle zwischen den Ministerien und Prachtbauten von Leipziger Straße bis Potsdamer Platz drängten. Vor zehn Jahren hatte man die letzten Pferdebahnen außer Betrieb genommen und gehofft, das gestiegene Fahrgastaufkommen durch den Einsatz der Elektrischen zu bewältigen. Doch diese Maßnahme hatte noch nicht ausgereicht, sodass die Große Berliner Straßenbahn Gesellschaft sogar den Bau von zwei Tunneln zur Entlastung der Leipziger Straße vorgeschlagen hatte. Aber daraus war nichts geworden, die Straße ein Chaos geblieben.

Als Stern in Höhe der Hausnummer 5 aus der Bahn sprang, fürchtete er vor allem, mit seiner besten Uniform im Dreck zu landen. Er war das Tragen von Sporen und einem Säbel nicht gewohnt, aber schließlich hatte er sich im Kriegsministerium und somit in angemessener Bekleidung vorzustellen. Er bat den Amtsgehilfen, der ihn in der Eingangshalle begrüßte, ihn zum Adjutanten von General von Wandel vorzulassen. Da sich der Herr Minister von Falkenhayn selbst praktisch immer im mobilen Hauptquartier aufhielt und dort mit taktischen Plänen befasste, war der Stab von General von Wandel die richtige Adresse für kühne Strategien. Aber, so beschied der Amtsgehilfe am Empfang dem Offizier Stern, es werde sehr schwer sein, den Herrn Major zu sprechen, durch den überall flammenden Krieg seien alle Mitarbeiter und besonders natürlich der Herr Adjutant schwer beschäftigt.

Genau in diesem Augenblick kam ein mittelgroßer Mann in der Uniform eines Majors zum Ministerium herein. »Ach, da kommt er ja gerade und kann es Ihnen selbst sagen«, entfuhr es dem Amtsgehilfen. Braubach sah Stern streng, aber freundlich durch seine Hornbrille an.

Stern nahm Haltung an: »Darf ich Herrn Major um eine Viertelstunde Gehör bitten?«

Der Major schaute entnervt, schien aber auch neugierig, welches Schicksal mitten im Krieg dieses Individuum ins Ministerium geweht hatte. »Sie verlangen allerhand, ich habe gerade 24 Stunden durchgearbeitet, ohne zu schlafen, aber kommen Sie mal mit.«

Das Kriegsministerium schien aus nichts als Treppen und langen Gängen mit identischen Türen zu bestehen, bis Stern und der Major im Zimmer von Braubach angekommen waren. Das Zimmer des Adjutanten war zugestopft mit Papieren, Büchern und Zeitungen. Auf jeder freien Fläche lagen Stapel von Unterlagen und Akten. Braubach schaute sich um und seufzte. »Na, hier hätte ich wohl sowieso keinen Schlaf gefunden. Wenn Sie sich setzen wollen, müssten Sie sich bitte selbst irgendwo was suchen, Herr ... ?«

»Stern«, sagte Stern, »Edgar Stern, 1. Westfälisches Pionierbataillon«.

»Stern? Soso«, sagte Braubach. »Und was gibt es Wichtiges, über das Sie mit mir sprechen wollten?«

»Ich wollte vorschlagen, den Suezkanal zu sprengen.«

Der Major sah einige Sekunden aus, als hätte ihn der Schlag getroffen. »Jetzt muss ich mich erst mal setzen«, brachte er dann heraus. »Habe ich gerade richtig gehört?«

»Jawohl, Herr Major«, sagte Stern. »Ich habe es alles ganz genau ausgearbeitet, gemeinsam mit einigen Ingenieuren und Sprengmeistern vom 1. Westfälischen. Die Pläne liegen nach meinen Informationen bereits im Ministerium vor.«

Braubach griff zu seinem Telefon. »Heidtfeld? Braubach hier. Irgendwo bei Ihnen müssen Pläne eines gewissen Stern vom 1. Westfälischen vorliegen. Welchen Umfang haben die Pläne?«, fragte er an Stern gewandt.

»Zwölf Kanzleibögen, Herr Major.«

»Zwölf Kanzleibögen, Heidtfeld. Suchen Sie das nicht, suchen kann jeder, sondern finden Sie es schnellstmöglich und lassen Sie es dann zu mir herüberbringen. Danke.« Braubach legte auf. »Wie kommen Sie darauf, den Suezkanal zu sprengen?«

»Sehen Sie, seit 88 hat Großbritannien die Schutzherrschaft über den Kanal.«

»Meiner Meinung nach haben sie Ägypten 82 überhaupt nur wegen Suez besetzt«, sagte Braubach. »Um die Urabi niederzuschlagen. Die Franzosen waren ja nur imstande, den Kanal zu bauen, wie man ihn gewinnbringend betreibt, das haben sie nie herausgefunden.«

»Genau! Und warum sind die Briten so interessiert an dem Kanal?«

»Sie meinen das nicht ernst, oder? Stellt der mir Fragen wie einem Schuljungen! Welchen Nutzen hätten Indien, Ägypten und die anderen Kolonien noch für das Empire, wenn sie jedes Mal um Afrika herumsegeln müssten?«

»Eben – der Kanal ist unverzichtbar für die Briten. Dennoch ist eine fast 200 Kilometer lange Strecke in der Wüste nicht durchgängig militärisch zu sichern. Der Kanal ist bis heute zum größten Teil mit nichts als hölzernen Faschinen gesichert. Den passierenden Schiffen ist es strengstens verboten, im Kanal überhaupt nur einen Schuss abzugeben. Was denken Sie, was man da mit ein paar Kilogramm Sprengstoff zur rechten Zeit anstellen könnte!«

»Dann gäbe es keinen Suezkanal mehr«, stellte der Major fest.

»Effektiv nicht. Und die Engländer hätten alle Hände voll zu tun, um die Lage dort und in den Kolonien mit ihrer Flotte wieder unter Kontrolle zu bekommen. So ein Krieg gegen Deutschland wäre mit einem Schlag von untergeordneter Bedeutung.«

»Aber wie wollen Sie es anstellen? Ägypten ist fest in der Hand der Engländer.«

»Nicht so fest, wie man meinen soll. Gerade unter den arabischen Völkern sollten wir Verbündete finden können, insbesondere, wenn wir uns *angemessen* für ihre tätige Mithilfe zu bedanken wissen.« Braubach verstand, woran er dachte. »Auf jeden Fall schaffe ich es mit einem Trupp bis in die Türkei, die neutral ist. Mein Vater hat glänzende Geschäftsbeziehungen nach Konstantinopel. Gegen einige Gastgeschenke treten wir in Verbindung zu einem Beduinenstamm, der uns bis zum Sinai bringt. Alles dafür notwendige Wissen wird Abbas Hilmi Pascha sicher gern mit uns teilen, der bis vor wenigen Wochen Vizekönig von Ägypten war.«

»Der Vizekönig von Ägypten?«

»Ja. Auf dem Papier ist Ägypten doch immer noch eine osmanische Provinz. Seit 1882 regieren dort Khediven von britischer Gnade, aber offiziell als Teil des Osmanischen Reiches.«

»Und was verleitet Sie zu dem Gedanken, dass ein Günstling der Briten sich ausgerechnet mit Deutschen an einen Tisch setzen wird?«

»Vor allem das Wissen, dass Abbas Hilmi Pascha seine

militärische Ausbildung am Theresianum in Wien erhalten hat.«

Jetzt war der Major platt. »Der König von Ägypten? Bei unseren Freunden in Wien?«

»Genau genommen der ehemalige Vizekönig. Als sein Vater, der große Tawfiq von Ägypten, 1892 überraschend starb, musste er die Ausbildung abbrechen und seitdem regierte der junge Abbas Ägypten. Aber jetzt, zum Kriegsausbruch, haben ihn die Briten abgesetzt. Er war ihnen zu wenig britisch in diesen unruhigen Zeiten, und er sympathisiert nach ihrem Geschmack zu sehr mit der nationalen Unabhängigkeitsbestrebung in Ägypten.«

»Aber das ist ja genau, was unser Kaiser befördert!«

»So fügt sich eins zum anderen. Sie wissen ja: Spätestens seit seiner ersten Orientreise vor fünfundzwanzig Jahren ist der Kaiser großer Freund der Orientalen und ihrer nationalen Bestrebungen. Die Franzosen hassen ihn, wie die Franzosen eben jeden deutschen Kaiser hassen, aber auch die Briten schauen auf Wilhelm II. herab. K.u.k. sind zwar unser natürlicher Bündnispartner, aber ganz ernst haben sie unseren Kaiser nie genommen. Nur im Orient rollen sie ihm die roten Teppiche aus und empfangen ihn mit offenen Armen. Bei seiner Tischrede in Damaskus hat Wilhelm sich als ewigen und treuen Bündnispartner aller Muselmanen bezeichnet. Und seitdem sind sie ganz verrückt auf unseren Kaiser in Damaskus, Bagdad und Konstantinopel. Und eben nach Konstantinopel ist der Khedive von Ägypten nach

Informationen aus verlässlichen Quellen kürzlich geflohen. Sie sehen: Abbas II. ist genau unser Mann! Und als Deutsche werden wir sicher ebenso sein Gehör finden.«

Der Major erhob sich aus seinem Stuhl und begann, die schmalen Gänge zwischen den Büchern und Zeitungen entlang auf und ab zu gehen. Schließlich blieb er stehen und schaute Stern an. »Sie sind ein Wahnsinniger, Stern«, sagte er anerkennend. »Und es könnte sein, dass wir genau Ihre Art von Wahnsinn benötigen, um diesen Krieg erfolgreich zu führen. Sie dringen nach Ägypten ein …«

»Wir dringen nicht ein, Major«, widersprach Stern. »Wir bewegen uns als Beduinen von einem Teil des Osmanischen Reiches in einen anderen. Die Bekleidung können wir ganz einfach in Konstantinopel erwerben und ortskundige Führer werden sich auch finden. Nur dass wir unsere Kamele nicht mit Handelsware, sondern mit feinstem Sprengstoff beladen haben. Dann suchen wir eine schöne Stelle am Kanal aus, legen uns fein leise auf die Lauer und warten, bis ein britisches, mit Gottes Segen lieber zwei britische Schiffe im Kanal stecken, damit sich all die Investitionen in die Pikrinsäure auch richtig lohnen. Dann gibt es einen gewaltigen Krach und die Briten haben mit einem Mal bestimmt alles andere zu tun, als hier im europäischen Krieg mitzumischen.«

»Ein Wahnsinniger«, wiederholte Braubach. »Ich werde Ihnen hier im Ministerium ein Büro einrichten lassen, wo Sie Ihre Pläne richtig ausarbeiten können, bevor Sie nach Konstantinopel aufbrechen. Haben Sie schon ein Quartier?«

»Gestern habe ich bei einer freundlichen Dame in Moabit übernachtet.«

»Das kommt natürlich nicht in infrage. Sie übernachten ab heute bei uns. So weit kommt es noch, dass die preußische Armee ihren Offizieren kein Quartier geben kann. Oder war die Dame besonders freundlich?« Der Major zwinkerte ihm zweideutig zu.

»Nein, nein. Eine ganz und gar ehrbare Witwe. Ihr jüngster Sohn ist gerade los an die Ostfront.«

»Dann kommen Sie zu uns.« Er setzte sich an seinen Schreibtisch und nahm einen Briefbogen. »Gehen Sie mit diesem Schreiben zur Unterkunftsabteilung im Parterre und lassen Sie sich ein schönes Offiziersquartier zuweisen. Sind Sie auf Urlaub hier?«

»Jawohl. Drei Tage Sonderurlaub, Herr Major.«

»Das wird wohl nicht reichen, um den Suezkanal in die Luft zu sprengen und wieder zurück bis zur belgischen Grenze zu kommen.«

»Sicher nicht.«

»Also suche ich beim Generalstab zunächst um eine sechswöchige Versetzung hierher ins Ministerium nach. Wenn Sie sich hier erst bewährt haben, lassen wir Sie ohnehin nicht in die Schützengräben zurück.« Braubach setzte ein weiteres Schreiben auf, das er ebenso wie das erste sorgfältig unterschrieb, stempelte und Stern übergab. »Die weiteren Verlängerungen sind dann Formsache. Gibt es sonst noch etwas?«

»Nein, Herr Major.«

»Na dann machen Sie sich mal auf in die Niederungen der preußischen Bürokratie, deren Wege lang und gewunden sind. Wenn es uns gelänge, jeden Ansturm unserer Feinde durch die Wege unserer Bürokratie zu lenken, wir hätten genügend Zeit, uns auf jeden Krieg jahrelang vorzubereiten. Unglücklicherweise aber halten sich unsere Feinde praktisch nie an die Vorschriften. Wir sehen uns dann morgen früh um 8 Uhr hier im Büro, wo Sie Ihre Räume und weitere Anweisungen zugewiesen bekommen.«

»Jawohl, Herr Major.« Stern schloss die Tür. Das Treffen hätte nicht glänzender verlaufen können. Voller Freude ging er los, um seine beiden Schreiben auf ihre Wege durch das Kriegsministerium zu bringen.

DIECKHOFF

Reserve-Dragoner

Seit die *Cassard* in Sizilien angelegt hatte, versuchte Dieckhoff an die Front zu kommen. Und es war nicht so, dass er sich Illusionen machte. Viele junge Männer strömten zur Front, als ob sie in die Sommerfrische fahren würden, mit einer Blume im Knopfloch, vergnügt Lieder pfeifend, nicht selten frisch verheiratet, ebenso oft auch schon mit einem oder zwei Kindern und einer Frau zu Hause. Aber die Propagandamaschine funktionierte bestens, jedermann glaubte an einen rasch gewonnenen Krieg und daran, dass Deutschland einmal die Dinge und die Köpfe in Europa geraderücken und es dann wieder zurück in die Heimat gehen würde.

Aber in der römischen Botschaft, wohin ihn als Diplomat natürlich sein Weg aus dem Hafen von Palermo geführt hatte, bekam er reinen Wein eingeschenkt. Die Lage sei durchaus ernst, natürlich gebe man sich offiziell siegeszuversichtlich, bei einer genauen Betrachtung der Kriegslage sei dieser Sieg aber nicht zwangsläufig.

Man hoffe, dass England sich möglichst lange aus dem Krieg heraushielte und dass der Schlieffen-Plan genau so funktionierte, wie ihn der Herr Generalfeldmarschall vor fast zehn Jahren zu Papier gebracht hatte. Die Herren des diplomatischen Dienstes rieten Dieckhoff also davon ab, sich an die Front zu melden. Im Dienst hätte man bessere Verwendung für ihn und die Lebensgefahr sei durchaus geringer. So versetzte man ihn ins Generalgouvernement nach Brüssel unter Below-Saleske. Dessen ungeachtet wollte Dieckhoff an die Front und da die Deutschen, alle Deutschen, vom Kaiser selbst und der gesamten Regierung zur Mobilmachung aufgerufen waren, konnte man seinen Antrag schlecht ablehnen. So fand sich Dieckhoff schon im September mit dem Reserve-Dragoner-Regiment Nr. 2 in Belgien wieder, wo sie zum unteren Teil der Schlieffen'schen Zange beitrugen. Aber dann holte man das Regiment wieder nach Berlin zurück, um am Vormarsch Richtung Polen teilzunehmen.

Es gefiel Dieckhoff an der Front, denn als Bürgerlicher war er natürlich nicht in Stab oder Kommando, sondern einfacher Leutnant. Er fand unter den Soldaten eine ehrliche, unkomplizierte Freundschaft, man teilte, was man hatte, und nahm selbst die übelsten Situationen mit einem grimmigen Humor. Tatsächlich verhielt es sich so, wie es auch in der Zeitung stand, Katholiken, Protestanten und Juden kämpften Seite an Seite, es gab keine Unterschiede zwischen den Soldaten, er empfand eine echte Kameradschaft. Die Ränkespiele, die er in den verschiedenen Amtsstuben bereits hatte kennenlernen dürfen, gab es hier einfach nicht.

Als er im Oktober per »Allerhöchster Kabinetts-Ordre« von der Front abberufen wurde, um sich in den Dienst der deutschen Gesandtschaft in Persien zu stellen, bereute Dieckhoff das zutiefst. Seine Kameraden, die an der Ostfront verbleiben mussten, beneideten ihn hingegen. Sie ahnten wohl schon, dass ihnen die bittersten Zeiten des Krieges noch bevorstanden, über die auch die schönste Kameradschaft nicht hinweghelfen würde.

TASSAOUT

Nach Flandern

»Aderfit?«

»Ja.«

»Weißt du, was für einen Tag wir heute haben?«

»Es ist Nacht, mein Bruder.«

»Ja, aber die Nacht welchen Tages.«

»Warum fragst du?«

»Wir sind so lange hier, ich weiß nicht mehr, was für ein Tag es ist.«

»Und woher soll ich das wissen? Jeder Tag ist wie der andere Tag. Jeder Tag ist ein furchtbarer Tag. Jeder Tag ist dunkel. Jeder Tag ist nass. Und da fragst du mich, was für einen Tag wir haben? Und jetzt schlafe endlich, denn der Schlaf ist die einzige Gnade, die uns widerfährt, und morgen, wenn der Schlaf zu Ende ist, wird wieder genau so ein Tag zu uns kommen. An jedem Tag schießen wir unsere Gewehre und die schießen ihre Kanonen.«

»Gestern war das Essen furchtbar, so furchtbar, dass

ich dachte, es könnte nicht schlimmer werden. Dass ich dachte, wie groß der Hunger ist, wenn man dieses Essen isst. Und heute war es dann noch schlimmer.«

»Warte auf morgen. Da wird das Essen noch viel schlimmer sein. Du weißt doch, wie man bei uns sagt: Allah gibt dem getrocknete Bohnen zu essen, der keine Zähne mehr hat.«

»Weißt du, Aderfit: Obwohl wir seit so vielen Tagen und Nächten schon hier sind, kann ich mich an nichts erinnern, was vor gestern war.«

»Denkst du, mir geht es anders? Oder den Franzosen? Wir liegen hier alle in Gräben herum und warten, dass es aufhört.«

»Warum tragen die Franzosen so viele verschiedene Uniformen?«

»Das sind wohl verschiedene Stämme. Ich höre ihnen manchmal zu. Es gibt welche, die nennen sie Belgier, und andere, das sind Briten.«

»Aber gegen wen kämpfen wir dann? Sie sehen auch wie Franzosen aus.«

»Das ist wohl noch ein anderer Stamm, die Boches.«

»Ich kann mich nur daran erinnern, dass mir Tag für Tag das Gestern nicht so schlimm wie das Heute erschien.«

Und er hatte an Megdaz gedacht, jeden Tag. Die Gewehre und Kanonen schossen, jeden Tag. Das Essen war miserabel, die Luft war schlecht, es war kalt, es war nass, es war dreckig, die Franzosen schrien herum, er hatte Angst zu sterben – jeden Tag.

Wenn die Boches herüberschossen, dann schossen sie zurück, zogen danach wieder die Köpfe ein und legten sich in die schlammigen Gräben. Wenn man lief, dann immer gebückt, wenn man schlief, dann immer nur ein paar Stunden. Zum Glück kannte Aderfit viele Märchen vom Shemruk und vom Löwenjäger, von Antir und Dschuha. Das war das einzige Sandkorn Trost in dieser Ödnis der Hoffnungslosigkeit. Aber Tassaout hatte keine Erinnerung mehr als den wehmütigen Gedanken an gestern, ein Tag, der ihm etwas weniger schlimm gewesen zu sein schien, immer nur gestern, wochen- und monatelang.

Ihre Niederlage nahm Tassaout mit Gleichmut, beinahe mit Freude entgegen, denn mochte es noch so schlimm werden, bedeutete seine Entwaffnung für ihn das Ende dieser endlos grauenvollen Zeit zwischen gestern und heute.

Die anderen hatten mit ihren riesigen Geschützen geschossen, waren aus ihren Gräben gesprungen und auf ihre Gräben zugelaufen. Zehn, Hunderte, Tausende schießende Boches. Die Franzosen hatten ihnen gesagt, sie sollten schießen, sie sollten kämpfen, sie sollten alles geben, auch ihren letzten Atemzug. Waren aus den Gräben herausgesprungen und hatten geschossen, geschossen, immer wieder. Sie liefen nach vorn, auf die

Boches zu, und dann liefen sie davon, vor ihnen fliehend. Sie blieben liegen, wenn sie von einer Kugel getroffen worden waren. Aderfit hatte ihm ganz leise ins Ohr gesprochen, sie würden nun im Graben bleiben, bis die Franzosen weg waren, und dann die Hände in die Luft heben, wenn die anderen kamen. Sie sollten nicht mehr schießen, damit ihre Gewehre kalt waren, wenn die Boches kamen. Am nächsten Tag war der Krieg für Tassaout vorbei und er fuhr mit anderen Franzosen in der Eisenbahn nach Deutschland.

STERN

Der Suez-Plan

In den kommenden Wochen hatte Stern das zweifelhafte Vergnügen, den Suez-Plan, entstanden in seinem Kopf in der Hitze eines Augustnachmittags an der belgischen Grenze und ausgearbeitet mit einer Handvoll Pionieren bei vielen Gläsern Wein, in die knochentrockene Realität des preußischen Militärwesens übersetzen zu müssen, was sich anfühlte, als versuche man, einer Lokomotive den Walzer beizubringen. Für alles gab es Vorschriften und wofür es keine Vorschriften gab – das gab es einfach nicht. Stern konnte sich in diesen Fällen aussuchen, ob er die Einrichtung einer neuen Vorschrift bewirkte oder darauf verzichtete.

»Sie wollen mit einem Trupp preußischer Militärangehöriger ins Osmanische Reich vorstoßen?«, fragte ihn beispielsweise Reuter, Hauptmann bei der I. Kassenabteilung des Armeeverwaltungsdepartements.

»Nein, wir wollen dorthin nicht vorstoßen. Wir wollen lediglich dahin reisen.«

»Und Sie beabsichtigen keine kriegerischen Handlungen gegen die Türken auszuführen?«

»Natürlich nicht. Die Türken sind doch eigentlich unsere Verbündeten. Wir sind nur eine Handvoll Männer und wollen nach Konstantinopel, nicht nach Troja reisen.«

»Wie bitte? Troja?« Reuter blickte Stern streng an.

»Ich will nur sagen, dass eine Gruppe von 10 Leuten wohl nicht geeignet sein wird, das Osmanische Reich einzunehmen.«

»Aber das preußische Kriegsministerium ist doch nicht für Vergnügungsreisen seiner Angehörigen zuständig.«

»Es handelt sich keineswegs um eine Vergnügungsreise. Wir planen eine geheime militärische Unternehmung. Eine kriegswichtige Angelegenheit.«

»Und was für eine Angelegenheit ist das, bitte?«

»Es ist mir leider untersagt, darüber zu sprechen. Wenn ich das jedem Mitarbeiter im Kriegsministerium sagen würde, wäre die Unternehmung wohl kaum noch geheim zu nennen. Ich habe doch hier das Schreiben von Major Braubach persönlich.«

Reuter studierte erneut das Schreiben. »Vielleicht wenden Sie sich dann lieber an die Generalmilitärkasse, Abteilung VIII.«

»Da komme ich doch gerade her«, seufzte Stern. »Die haben mich hierhergeschickt, weil die Generalmilitärkasse nur für große Zahlungen zuständig ist, die Angelegenheit hier aber nicht darunterfällt.«

»Warten Sie! Von welchem Regiment kommt denn ihre Gruppe?«

»Das geht alles aus meiner Aufstellung hervor: Ich bin derzeit dem Ministerium unterstellt. Einige Pioniere kommen vom 1. Westfälischen Pionier-Bataillon und Herr Abu'l-Arabi ist Lektor am Seminar für Orientalische Sprachen.«

»Herr Aburabi?« In dem ordentlichen preußischen Büro mit dem fein polierten Schreibtisch von Hauptmann Reuter war schon der Name Abu'l-Arabi schwer auszusprechen.

»Mohammed Abu'l-Arabi. Ein ausgezeichneter Kenner des nordafrikanischen Arabisch. Er ist für unsere Mission unverzichtbar.«

»Aber er ist kein Angehöriger der preußischen Armee?«

»Natürlich nicht. Ich glaube, er wäre der erste Mohammedaner in diesem Dienst.«

»Keineswegs«, sagte Reuter überraschend. »Da sind Sie unzureichend informiert. Seit über hundert Jahren verrichten Mohammedaner treue Dienste in der preußischen Armee. Die ersten Türken hatte Friedrich Wilhelm I. in seinen Diensten, sie bekamen sogar einen Gebetssaal in der Nähe der Garnisonskirche. Und seit 1799 haben wir mit den Ulanen ein ganzes Regiment von muslimischen Bosniaken. Ein weiteres Regiment Mohammedaner, das 2. Pommersche, haben wir just von Stettin an die Marne verlegt.«

»Bitte sehr. Jedenfalls wäre Herr Abu'l-Arabi der erste Marokkaner in Diensten der preußischen Armee.« Stern wollte nur seine Angelegenheiten regeln.

»Das kann sein. Nur da Herr Abulrabi kein Angehöriger der Armee ist, können die Mittel für seine Reise und Unterkunft auch nicht aus Mitteln des preußischen Kriegsministeriums aufgebracht werden«, sagte Reuter triumphierend. »Das ist gegen die Vorschriften.«

»Aber wir können doch nicht den Krieg verlieren, bloß weil wir gegen keine Vorschriften verstoßen haben.«

»Die preußische Armee«, sagte der Hauptmann jetzt in feierlichem Ton, »hat noch nie einen Krieg verloren, weil sie sich an zu viele Vorschriften gehalten hat. Ganz im Gegenteil.«

»Ärgern Sie sich nicht, Stern«, sagte Braubach später in seinem Zimmer. »Das ist alles ganz normal. Füllen Sie die Papiere aus, stellen Sie alle Anträge am besten zweifach und dann werden wir das nach und nach schon durchbekommen.«

»Herr Major, ich dachte, ich säße zum jetzigen Zeitpunkt schon in einem Beduinenzelt unter den Sternen des Orients. Stattdessen ärgere ich mich in der Leipziger Straße von Berlin mit den Unterabteilungen des Departements 4 herum.«

»Das ist überhaupt ein Gedanke«, sagte Braubach,

während er vorsichtig die Asche seiner Zigarre abstreifte, »vielleicht sollten Sie sich mal beim Departement 5 melden, Justizabteilung III. Vielleicht können die Ihnen sogar in Ihrer Angelegenheit helfen.«

»Oder sie finden neue Vorschriften, warum unser Plan undurchführbar ist.«

»Die Gefahr besteht natürlich immer, Stern«, sagte der Major bedächtig. »Aber wer nicht wagt, der nicht gewinnt.«

Der Major mochte Stern. Zwar fragte er sich, warum alle tüchtigen Deutschen ausgerechnet Juden waren, aber damit hatte man sich wohl abzufinden. Wenn er in die Charité ging, die in der ganzen medizinischen Welt einen Ruf wie Donnerhall hatte, oder sich die Verlage Deutschlands anschaute, die das Buchwesen der Welt dominierten – überall nur Juden. Wenn die Welt Deutschland und seine Stärke bewunderte, dann meinte sie damit meist seine Juden. Aber so wie sein General von Wandel hatte Braubach nichts gegen Juden einzuwenden. Sie waren genauso ehrbar und befähigt wie die anderen Deutschen. Viele waren da anderer Meinung. In der *Neuen Preußischen Zeitung*, die wegen des Eisernen Kreuzes in ihrer Vignette nur die *Kreuzzeitung* genannt wurde und die hier im Ministerium viel gelesen wurde, diskutierten sie sogar eifrig die Frage, ob Richard Wagner jüdischer Abstammung sein könnte.

Jedenfalls sah Braubach in Stern sich selbst in jüngeren Jahren. Ungestüm und tatendurstig, voller Pläne und ohne Rücksicht auf Vorschriften und Gegebenheiten. Genau so musste ein erfolgreicher Planungsstab zusammengesetzt sein, dachte der Major. Alte, erfahrene Leute arbeiten Hand in Hand mit jungen, heißblütigen. So können wir den Krieg gewinnen.

Gelegentlich platzierte Braubach Stern vor wichtigen Terminen in seinem Vorzimmer, damit er die Generäle ein wenig belauschte, bevor sie bei ihm vorsprachen, gewissermaßen eine ganz spezielle Art des Antichambrierens. Niemand vermutete, dass so ein jugendlicher Offizier eng vertraut mit dem Adjutanten des stellvertretenden Kriegsministers war. Stern hatte tagelang ohnehin nichts Besseres zu tun, als die Bearbeitung seiner Anträge abzuwarten, da konnte er genauso gut unverdächtig im Vorzimmer sitzen und hören, was wirklich an der Front und in der Etappe gedacht wurde.

Untergebracht war Stern in der Maikäferkaserne des Garde-Füsilier-Regiments, das gerade in Belgien marschierte. Den Spitznamen *Maikäfer* hatte sich das Regiment durch seine recht bunten Uniformen mit roten Ärmelaufschlägen, weißen Litzen, gelben Schulterstücken und den braun paspelierten Nähten gemacht, so hatte die Kaserne den Namen gleich mitbekommen. Das Regiment hatte sogar ein Schild am Kasernentor zur Chausseestraße anbringen lassen: »Es lebe hoch das Regiment, welches sich mit Stolz Maikäfer nennt.« Stern musste mit der Elektrischen von der Mittelstraße, Ecke Friedrichstraße nur zehn Minuten nach Norden fahren und kam so vom Ministerium fast direkt zu seinem Quartier. Die Kantine dort war sogar recht froh, etwas zu tun zu haben, ins Feld war nur eine kleine Küchenbesatzung mitgezogen und ein recht stattliches Trüppchen hielt noch Stellung in der Kaserne. Stern war also gut versorgt und wenn er einen Wein wollte, kehrte er noch im *Schwarzen Ferkel* ein, bevor er die Elektrische bestieg.

Unterdessen ging der Sommer in Berlin langsam und mit sommerlichen Temperaturen zu Ende. Auch wenn es nachts schon bis auf vier Grad herunterging, hatte es mittags doch immer noch Tag für Tag sonnige zwanzig. Der Krieg machte sich vor allem durch die vielen Zeitungsjungen bemerkbar, die täglich die neuen Fronterfolge über die Straßen schrien. Überall hingen Plakate, die zur Beteiligung an der *Deutschen Frauenhaar-Sammlung* des Roten Kreuzes aufriefen. Weil man kein Kamelhaar für kriegswichtige Treibriemen und Filzdichtungen mehr bekam, sammelte das Rote Kreuz in zwei Zentralstellen in Magdeburg und Augsburg ausgekämmte Frauenhaare, die zu Ersatzmaterialien verarbeitet wurden. In vielen Bäckereien, Gaststätten und Geschäften baten Aushänge die werte Kundschaft um Verständnis für die eingeschränkte Geschäftstätigkeit, weil zahlreiche der Angestellten einberufen worden waren.

Die Kinos zeigten weiterhin rund um die Uhr Filme, aber nach einem Aufruf des *Vereins der Lichtbild-Thea-*

terbesitzer Groß-Berlins und der Mark Brandenburg zeigte man aus patriotischen Gründen keine französischen Filme mehr, sondern nur noch deutsche. Doch während in den Theatern viele vaterländische Inszenierungen ein begeistertes Publikum fanden, waren die Liebesfilme mit deutschen Soldaten in den Kinos als ziemlich langweilig verschrien. Da selbst manche der filmischen Frontberichte von der Zensur wieder kassiert wurden, weil man fürchtete, der Feind könnte aus solchen Filmen militärische Erkenntnisse ziehen, waren die Kinos eher spärlich besucht.

Als Mitarbeiter des Kriegsministeriums verdiente Stern genug, um sich trotz der Umstände eigentlich ein recht angenehmes Leben zu machen. Dennoch konnte er keine Ruhe finden, wurde von einem Gefühl der Ungeduld beherrscht. Ihm schien, als hätte er einen möglicherweise kriegsentscheidenden Plan erdacht, der gerade Tag für Tag von der preußischen Militärbürokratie erstickt wurde, während die Briten unerbittlich Fortschritte an der Westfront machten, die man mithilfe seines Planes sicher hätte verhindern können. Es war für ihn manchmal kaum auszuhalten.

Am 25. September bestellte Braubach Stern in sein Büro. Der Major schaute ihn mit ernster Miene an. »Stern, wir müssen uns unterhalten.«

»Was gibt es?«, fragte Stern, der sofort erfasst hatte, dass es hier nicht um ein freundschaftliches Schwätzchen unter Männern ging. »Haben sie meinen Antrag jetzt endgültig abgelehnt?«

»Nein«, sagte der Major, »aber Ihr Antrag wird sich demnächst erledigt haben.«

»Wie bitte?«

»Übermorgen werden die Türken die Dardanellendurchfahrt sperren.«

»Wie bitte? Warum denn?«

»Offiziell, weil die Briten ein türkisches Torpedoboot an der Einfahrt in die Ägäis gehindert haben.«

»Und inoffiziell?«

»Ja, inoffiziell«, seufzend erhob sich der Major aus seinem Stuhl, ging zur Bürotür, holte seine Schlüssel aus der Hosentasche und verschloss die Tür sorgsam von innen. »Hoffentlich können Sie schweigen, Stern.«

»Natürlich kann ich schweigen.«

»Stern«, sagte der Major streng, »Sie sind ein gelernter Journalist. Erzählen Sie mir nicht, dass Sie *natürlich* schweigen können. Journalisten sind von Natur aus schwatzhaft und mitteilsam. In dem vorliegenden Fall müssen Sie unnatürlich schweigen können.«

»Ich verstehe«, sagte Stern. »Aber es gibt keinen Grund, mir zu misstrauen. Schließlich habe ich meinen Geheimplan auch niemandem anvertraut und das trotz der nahezu hochnotpeinlichen Befragung einiger Beamter vom Departement 4.« Angesichts dieses kleinen Scherzes mussten beide Männer nun lächeln.

»Hören Sie gut zu, Stern: Es gibt schon seit dem 2. August einen Vertrag zwischen dem Kaiser und der Hohen Pforte.«

»Nein!«

»Doch. Und dass Sie nichts davon wissen, zeigt Ihnen, welchen Charakter dieser Vertrag hat: Er ist geheim. Die Türken wollten sich selbst aussuchen, wann sie dem Krieg beitreten, und bis dahin ihre *bewaffnete Neutralität* aufrechterhalten. So schnell können die Türken auch gar nicht dem Krieg beitreten, schließlich brauchen sie Material aus Deutschland, das nur auf dem Schienenwege zu ihnen kommen kann, und das ist mühsam, zumal in Kriegszeiten und angesichts der rumänischen Transportblockaden.

Aber es gibt den Plan, alle Mohammedaner der Welt unter Führung des türkischen Sultans zu einem gemeinsamen Aufstand zu bewegen.«

»Alle? Von Konstantinopel bis Bombai?«

»Alle 300 Millionen Muselmanen sollen sich für ihre Befreiung erheben, vereint unter der Fahne des türkischen Sultans, unterstützt vom deutschen Kaiser. Offensichtlich gibt es Passagen in der heiligen Schrift der Muslime, die einen solchen Plan begründen könnten. Ein Orientalist hat diesen Plan ersonnen und ist auf große Zustimmung gestoßen.«

»Dann hätten die Briten ein noch größeres Problem als einen zerstörten Kanal.«

»Die Briten in Indien, die Franzosen in Nordafrika, die Russen mit ihren Tartaren – die ganze Entente hätte ein riesiges Problem! Nur der deutsche Kaiser als seit Jahrzehnten ausgewiesener Freund aller Muslime würde unbeschadet davonkommen, der Krieg wäre vorbei.«

»Der Himmel sei uns gnädig!«

»Na ja, auf himmlische Unterstützung setzen wir nicht ausschließlich. Hermann Consten, einer unserer besten Kenner des Orients und Mitarbeiter unseres Ministeriums, ohne dass wir das offiziell so deklarieren würden ...«

»Ein Spion?«

»Ach wissen Sie – das klingt so hässlich. Consten hat sich jedenfalls am 20. August 300.000 Goldmark von unseren Freunden in der Wilhelmstraße 76 für den Emir von Afghanistan geben lassen, damit der entlang der Durand-Linie mithilfe paschtunischer Stämme den heiligen Aufstand der Muslime an der indischen Grenze tüchtig anfachen kann. Das Auswärtige Amt hat an das Geld aber die Bedingung geknüpft, dass Enver Pascha die Dardanellen schließt, damit die Getreidetransporte aus Bulgarien und dem ach so neutralen Rumänien an die Ententemächte ein Ende finden. Und so schließt sich der Kreis: Die Türken schließen am Sonntag die Dardanellen für die Durchfahrt und können sich künftig in den rumänischen und bulgarischen Häfen zünftig versorgen, aber mit der *bewaffneten Neutralität* hat es bald ein Ende.«

»Womit auch eine Voraussetzung unseres Suez-Plans nicht mehr gegeben wäre«, stellte Stern resigniert fest.

»Die Briten werden nicht so dumm sein, die ägyptische Westseite des Kanals ab sofort nicht ebenso gut zu schützen wie die Ostseite. Sie werden ganz Ägypten völlig anders behandeln und sicher auch formal völlig aus dem Osmanischen Reich lösen.

Aber jetzt lassen Sie mal den Kopf nicht hängen, Stern«, sagte Braubach, während er seine Bürotür wieder aufschloss. »Sie gehen zurück in die Kaserne und schlafen erst mal darüber. Der Orient geht uns ja nicht verloren, es gibt dort im Gegenteil offenbar immer mehr zu tun. Sicher werden wir sehr bald etwas für Sie finden, auch wenn Sie nicht in einer Beduinenverkleidung Pikrinsäure ans Ufer des Suezkanals transportieren werden.«

»Ist in Ordnung, Herr Major.«

»Wir sehen uns dann am Montag. Gehen Sie ruhig ordentlich einen heben!«

»Zu Befehl, Herr Major«, sagte Stern nur halb im Scherz und schlich mit hängendem Kopf aus dem Ministerium. In der *Quelle*, einer durchgängig geöffneten Eckkneipe in Moabit, kam er dann dem Befehl seines Vorgesetzten gründlich nach und hatte nachts das Glück, dass seine Beine den Heimweg fanden, was seinem Kopf wohl nicht mehr gelungen wäre.

SCHABINGER

Von Tanger

Von Wesendonk war in Berlin, als der Krieg ausbrach. Allerdings nicht, um Anweisungen vom Amt entgegenzunehmen oder Maßnahmen in der Krise zu besprechen, sondern im Sommerurlaub. Natürlich hatten sie auch hier in Marokko von den Konflikten in Europa gehört, aber von einer Kriegsgefahr hatten nur Teile der Publikumspresse gesprochen, unter Diplomaten war das nicht ernsthaft diskutiert worden. Wie sollte in so einer Lage ein Krieg schon auch aussehen? Sollte etwa die ganze Welt aufeinander losschlagen?

Dieckhoff, dem, frisch zurückgekehrt aus Berlin, dadurch die Leitung der Gesandtschaft oblag, war Ende Juni von seiner Abschlussprüfung im Auswärtigen Amt zurückgekommen. Seine Arbeit »Deutschland während der Regentschaft Ludwigs XIV.« war glänzend aufgenommen worden und die Verteidigung in Berlin somit erfreulich verlaufen. Zurück in der Gesandtschaft, hatte Dieckhoff eine ordentliche Feier zu seiner offiziellen

Ernennung als Legationsrat ausgerichtet. Er wusste der versammelten Gesellschaft zwar zu berichten, dass am Tag vor seiner Rückreise die Schüsse in Sarajevo gefallen waren und überall in Europa düstere Stimmung herrschte. Das hatte ihn in Tanger aber nicht davon abgehalten, natürlich auch die Briten, die Spanier, die Franzosen, die Belgier und so weiter zu seiner Feier in die deutsche Gesandtschaft einzuladen. Schließlich waren die Europäer in der internationalen Zone von Tanger aufeinander angewiesen, da die Marokkaner und namentlich auch die Marokkanerinnen keinen Umgang mit den Ausländern wünschten. Man ritt miteinander aus, ging zur Jagd und spielte Polo.

Da Dieckhoff den erfolgreichen Abschluss nun in der Tasche hatte, war es für Konsul Wesendonk eine Selbstverständlichkeit, ihm die Führung der Gesandtschaft zu übertragen, während er im Sommerurlaub weilte. Schließlich war Dieckhoff ja nun auch offiziell zu Führungsaufgaben im diplomatischen Dienst befähigt. Natürlich gingen alle davon aus, dass Dieckhoff die Urlaubszeit des Konsuls mit diplomatischem Nichtstun verbringen würde.

Schabinger von Schowingen hatte vermutlich sogar darauf gehofft, denn in seinen Augen war Dieckhoff genau die Art von Karrierediplomat, die vollkommen ungeeignet für den Auswärtigen Dienst war. Ein Bürgerlicher Musterschüler aus Straßburg, der sich nur durch seine Arbeit und nicht durch seine Herkunft für den diplomatischen Dienst empfohlen hatte. Schabinger wäre ein Schauer über den Rücken gelaufen, hätte er gewusst, dass Dieckhoff sich seinerzeit sogar zeitgleich für eine Laufbahn beim Auswärtigen Amt in Berlin und bei der Reichseisenbahn in Straßburg beworben hatte. Schabinger und Dieckhoff saßen gewissermaßen mit vertauschten Rollen in der Gesandtschaft. Denn während noch ein paar Jahre zuvor ein Bürgerlicher nur in der Konsulatsabteilung eine Aussicht auf Anstellung gehabt hätte, genau der Abteilung, für die der Freiherr arbeitete, war damals der diplomatische Dienst allein für den Adel reserviert gewesen, in dem nun dieser Emporkömmling tätig war.

Zwar sprach Dieckhoff einigermaßen Englisch, Französisch verstand er jedenfalls nicht, was für einen blaublütigen Diplomaten wie Schabinger natürlich ein Graus war. Ebenso wenig sprach Dieckhoff Türkisch, Persisch oder gar marokkanisches Arabisch. All das waren Sprachen, die Schabinger am Seminar für orientalische Sprachen studiert hatte. Und doch war er, Schabinger, nur zweiter Dragoman der Gesandtschaft, während Dieckhoff als Legationsrat deren Geschäfte führte. Aber was hieß schon führen? Viel gab es nicht zu tun, so dass Dieckhoff seine Aufgaben vor allem auf dem Rücken von Pferden wahrnehmen konnte, indem er entweder mit den Mitarbeitern anderer Gesandtschaften Polo spielte oder allein die Strände entlangritt.

Am 28. Juli störte ihn Schabinger mit einem dechiffrierten offiziellen Telegramm beim Frühstückskaffee. Berlin schrieb von einer »drohenden Kriegsgefahr«, wahrscheinlich war das Telegramm an alle Botschaften und Gesandtschaften gegangen. Ein paar Tage später erklärte der Kaiser Russland den Krieg. Dieckhoff bat seinen Dragoman, ein Treffen mit den Belgiern, Franzosen, Holländern und Italienern anzuberaumen, um mit ihnen die Lage zu erörtern.

»Halten Sie das für einen so gelungenen Gedanken?«, fragte Schabinger.

»Wie meinen Sie?« Dieckhoff hatte Mühe, sein Erstaunen über die erneute Frechheit seines Untergebenen zu unterdrücken.

»Wäre es nicht besser, Vorkehrungen zu unserer Abreise zu treffen?«

»Ich muss doch sehr bitten! Die Führung der Geschäfte obliegt ganz allein mir, bis der Herr Gesandte aus seinem Urlaub zurückkehrt, wie Sie hoffentlich wissen.«

»Sehr wohl, Herr Legationsrat.«

Es wurde auch Zeit, dass Schabinger sich zusammennahm.

»Im Übrigen haben die Franzosen der internationalen Zone von Tanger einen Sonderstatus unter der Führung des Sultanats eingeräumt, sodass wir hier einen kühlen Kopf bewahren und das weitere Vorgehen mit unseren Kollegen erörtern wollen, gerade in diesen bewegten Zeiten.«

»Aber könnte es nicht sein, dass die Franzosen ihren

Einfluss auf Marokko geltend machen, um den König dazu zu drängen, sich auf die Seite der Entente zu schlagen? Dann wäre es vorbei mit der Neutralität im Orient, in dem es der Entente schließlich um einiges geht.«

»Herr Schabinger, es reicht völlig aus, wenn Sie mir die Telegramme dechiffrieren. Ich habe Sie nicht darum gebeten, auch noch die Weltlage für mich zu entziffern, etwas, zu dem ich ausweislich meiner erfolgreichen Prüfung beim Auswärtigen Amt, hochgradig selbst befähigt bin.«

»Sehr wohl, Herr Dr. Dieckhoff«, gab Schabinger endlich bei.

»Nehmen Sie stattdessen ein Telegramm für mich auf. Ich werde Berlin bitten, mich baldmöglichst von meinem Posten hier freizustellen. Ich will mich meinem Regiment anschließen, den stolzen Westfälischen Ulanen, um so dem geliebten Vaterland meinen Dienst erweisen zu können.«

Am übernächsten Tag kam die Antwort, Dieckhoff möge doch zumindest so lange auf seinem Posten verbleiben, bis der Gesandte selbst wieder zurückgekehrt sei. Doch dazu sollte es nicht mehr kommen. Am dritten August erklärte Deutschland auch Frankreich den Krieg. Daraufhin wurden alle in Casablanca lebenden Deutschen zunächst interniert, um sie außer Landes zu bringen, wogegen Dieckhoff förmlich, aber ohne jede Entschlossenheit protestierte.

Schabinger sprach ihn am nächsten Tag an: »Wie weit sind Ihre Vorbereitungen zur Abreise gediehen?«

»Was meinen Sie?«, fragte Dieckhoff. »Das Amt hat meine Bitte um Freistellung abgelehnt, zumindest bis von Wesendonk wieder hier eintrifft. Ich werde Ihnen also diesen Posten hier nicht so schnell überlassen.«

»Ich meine nicht Ihre persönliche Freistellung, Dr. Dieckhoff. Mir geht es um die Vorbereitungen zur Evakuierung der Gesandtschaft aus Tanger.«

»Was meinen Sie damit? Warum sollte ich die Gesandtschaft aus Tanger evakuieren?«

»Sie werden das vielleicht nicht tun, aber ich fürchte, die Franzosen könnten Sie bald dazu zwingen.«

»Papperlapapp, Schabinger! Wir speisen fast jeden Abend mit den Franzosen, mit den höchsten französischen Repräsentanten. Hippolyte und ich sind sogar per Du. Wenn die Franzosen etwas vorhätten, wären wir die Ersten, die es erfahren. Wir haben hier eine internationale Zone. Frankreich und das Scherifische Reich sind nicht durch den Kriegsausbruch miteinander verschmolzen.«

Schabinger konnte diese Naivität kaum glauben. »Herr Legationsrat! In Casablanca haben sie sogar schon Deutsche standesrechtlich erschossen.«

»Nun, Casablanca ist nicht Tanger. Hier haben die Spanier auch noch etwas zu sagen.«

Dabei blieb es. Schabinger konnte den amtsführenden Gesandten nicht davon überzeugen, dass die Gerüchte auf den Straßen von Tanger einiges an Gehalt haben könnten. Dieckhoff war überzeugt, alles Notwendige im Rahmen von Abendgesellschaften erfahren zu können.

Umso überraschter war der junge Legationsrat, als am neunzehnten August zwei Vertreter des Sultanats bei ihm vorstellig wurden, um ihn und alle Mitarbeiter der Gesandtschaft zum sofortigen Verlassen des Landes aufzufordern. Hinter ihnen in der Tür standen zwei französische Offiziere – im Übrigen bis vor Kurzem Popartner von Dieckhoff, so schnell würden sie wohl keine Partie mehr miteinander spielen – und nahmen Dieckhoff und die anderen gleich mit hinunter zum Hafen, wo die *Cassard*, eine Brigg der französischen Kriegsmarine, schon auf sie wartete. Nachdem ein paar Stunden später auch noch von Wagner, der Gesandte von Österreich-Ungarn, zu ihnen aufs Schiff gebracht worden war, stach die *Cassard* in Richtung Sizilien in See. Dieckhoff und Schabinger wechselten auf der Überfahrt kein Wort miteinander.

STERN

Im Reichskolonialamt

Am Montag stellte sich Stern pünktlich um acht Uhr in Braubachs Büro vor. Wie vom Major angekündigt, hatte die Türkei die Dardanellen für alle Schiffe, die nicht zur türkischen Marine gehörten, gesperrt und war insofern fast vollständig aufseiten der Mittelmächte in den Krieg eingetreten, es fehlten nur noch die formalen Erklärungen der Gegner. So schön es war, einen weiteren Bündnispartner zu haben, und wenn es nur der »kranke Mann am Bosporus« war, so bedauerlich war der Verlauf der Dinge für Sterns Plan. Bis es die Zeitungen am Sonntagabend verkündeten, hatte er noch gehofft, dass sich Enver Pascha vielleicht doch noch anders entscheiden würde.

Braubach jedoch war frisch rasiert und bestens aufgelegt, als Stern in sein Büro kam. »Stern, ausgezeichnet. Schön, Sie zu sehen! Treten Sie ein!«

»Es freut mich, Sie in so guter Disponiertheit anzutreffen, Herr Major.«

»Ich freue mich für Sie, Stern! Heute morgen habe ich einen wunderbaren Auftrag für Sie akquirieren können.«

»Das haben Sie?«, war Stern verwundert. Gerade war ihm doch ein wunderbarer Auftrag geplatzt.

»In der Tat! Sie wollten doch in den Orient, oder? Im Lande des Halbmonds den Sternenhimmel betrachten? Den Vorbetern in den Gotteshäusern lauschen, wenn sie die Gläubigen von den Minaretten in die Moscheen rufen? Sich von glutäugigen Wesirstöchtern Märchen aus tausendundeiner Nacht zuflüstern lassen?«

»Ja«, sagte Stern zögerlich, weil er noch nicht so recht wusste, wie er die Aussagen Braubachs zu verstehen hatte.

»Nun, das alles werden Sie bald erleben dürfen. Sie müssen dafür auch keinen Sprengstoff nach Konstantinopel schaffen, nur ein paar Mohammedaner.«

»Wie bitte?«

»Am besten gehen Sie selbst in die Wilhelmstraße 62. Dort treffen Sie im Reichskolonialamt ...«, der Major las von einem Schriftstück auf seinem Schreibtisch ab, »... Karl Emil Schabinger Freiherr von Schowingen, ehemals kaiserliche Gesandtschaft in Tanger. Ein ausgezeichneter Kenner des Orients, dem die Leitung Ihrer kleinen Expedition übertragen wurde. Lassen Sie sich die Details von ihm erklären.«

»Karl Emil Schowinger von ...«, Stern versuchte, den Namen zu wiederholen.

»Ja«, sagte Braubach zufrieden, »unser Adel hat noch anständige Namen. Die Schabingers aus Schowingen sind eine Familie aus dem oberrheinischen Baden mit einem starken Hang zur Exotik. Der Bruder Julius malt gern ausgesprochen nackte Frauen und der jüngere Karl sucht die Exotik im Orient. Im Amt gibt es eine ganze Truppe von diesen Orientalisten. Gehen Sie mal rüber zu ihm, Sie sind ja beide ungefähr gleich alt, vielleicht müssen Sie sich auch nicht den ganzen langen Namen merken.«

»Gut, wann werde ich erwartet?«

»Gestern, so wie immer. Gehen Sie gleich los«, sagte Braubach. »Ihre offizielle Gestellung regeln wir dann auf dem Dienstweg. Das soll Ihnen kein Kopfzerbrechen bereiten. Und lassen Sie sich mal erklären, wie man einen Türken baut.«

»Wie man was?«

»Fragen Sie den Freiherrn!«

Stern verließ das Kriegsministerium, ging die Leipziger Straße ein paar Schritte entlang bis zur Wilhelmstraße, die er ein paar Hundert Meter in Richtung des Brandenburger Tors hinauflief, bis er vor dem Auswärtigen Amt in dem Haus mit der Nummer 62 stand. Auf den paar Metern hatte er Gelegenheit, sich noch einmal tüchtig über das wütende Weltschicksal zu wundern. In diesem selben Sommer, noch vor ein paar Wochen, hatte er sich im Strandhotel verlustiert und seine größte Sorge war es gewesen, ob er belgisches Bier oder französischen Wein zum *diner* nehmen würde. Und nun lief er hier in einer Uniform auf der Berliner Wilhelmstraße von einem kriegswichtigen Ministerium zum anderen herüber.

Tatsächlich wurde er im Reichskolonialamt bereits erwartet und in das Büro des Legationssekretärs geführt. Karl Emil Schabinger Freiherr von Schowingen war ein nicht besonders großer Mann mit tiefschwarzen Haaren, der offensichtlich viel Wert auf sein Äußeres legte. Er schaute Stern prüfend an, ohne ihm einen Platz anzubieten. »Sie sind also dieser Edgar Stern?«

»Erstes Westfälisches Pionier-Regiment, Herr Legationssekretär.«

»Journalist sind Sie eigentlich, richtig? Nationalliberaler. Oder?«

»Ich gehöre keiner Partei an.« Immerhin einen der Vorwürfe des Freiherrn konnte Stern entkräften.

»Aber Sie haben für Stresemann gearbeitet?«

»Herr Stresemann hatte den Gedanken, die Presse stets gut informiert zu halten. Dabei konnte ich ihm ein wenig helfen.«

»Das sind ja schon fast amerikanische Verhältnisse. Der Weg von der Demokratie zur Ochlokratie ist eben nicht besonders lang. Aber was wissen Sie denn vom Orient? Wie lange waren Sie dort?«

»Ich weiß nur das, was man so lesen kann. Persönlich war ich überhaupt noch nicht dort.«

»So?« Schabinger von Schowingen ließ eine wirkungsvolle Pause folgen. »Sprechen Sie wenigstens eine der semitischen Sprachen?«

»Nein.«

»Nicht einmal Hebräisch?«

»Nicht dass ich wüsste«, sagte Stern, der versuchte, sich mit Ironie aus dieser äußerst unangenehmen Situation zu befreien. Als liberale Familie waren sie eigentlich nur zu den hohen Feiertagen in die Synagoge in der Klosterstraße in Münster gegangen und eigentlich nur für Großmutter, die Mutter seines Vaters. Stern hatte Erinnerungen daran, wie der Kantor *baruch adonai elhohim yisrael* gesungen hatte, aber da er noch nicht einmal genau sagen konnte, was diese Worte bedeuteten, hieß es wohl, dass er kein Hebräisch sprach. Sonst bestand die Familie aus Katholiken, Protestanten und Juden. Niemand kannte sich aus. Weil Theodora in ganzer Linie römisch war, hatten sie einander versprochen, katholisch zu heiraten.

Was Schabinger von Schowingen meinte, verstand Stern hingegen nur allzu gut. Bis vor ein paar Jahren waren der diplomatische Dienst und auch das Offizierskorps ausschließlich für den Adel reserviert gewesen. Die Offiziere hatten sich deshalb sogar gegen eine Vergrößerung der preußischen Armee ausgesprochen, weil man keine Bürgerlichen zu den höheren Rängen zulassen wollte. Und nun musste der Mann aus bestem badischen Adel mit einem dahergelaufenen Bürgerlichen verhandeln, der zu allem Überfluss womöglich auch noch Jude war. Stern war für Schabinger vermutlich das Menetekel schlechthin, wie es im Buch Daniel beschrieben war, das ja immerhin für Christen und Juden gleichermaßen heilig war.

Doch Schabinger von Schowingen fuhr schon längst fort. »Gerade sind wir mit knapper Not aus Tanger entkommen, wo ich fast fünfzehn Jahre zweiter Dragoman der deutschen Gesandtschaft war. Darum spreche ich marokkanisches Arabisch, Persisch und ein wenig Türkisch. Dort in Tanger ist jetzt alles fest in französischer Hand. Konnte aber durch meine guten Kontakte der Misere noch knapp entrinnen.«

»Ja«, sagte Stern. Sonst wusste er nichts zu sagen.

»Na, setzen Sie sich mal«, bot ihm der Freiherr nun gnädig an. Sein Büro war im groben Gegensatz zum Büro von Braubach vollständig aufgeräumt und staubkornfrei, zwei Besucherstühle standen links und rechts eines orientalischen Rauchtischs aus poliertem Messing. »Und von Ihnen stammt der Suez-Plan?«

»Ja.«

»Ein tollkühnes Unterfangen, aber nicht ganz ungeschickt, wie ich zugeben muss. Hätte dem Empire einiges Kopfzerbrechen bereitet. Offene Handelswege nach Indien sind überlebenswichtig für den Tommy, ob zu Land oder zur See. Sie wissen vielleicht, dass Bismarck den Suezkanal als Nerv im Genick von England bezeichnet hat, der das Rückgrat mit dem Gehirn verbindet.

Wenn wir diesen Nerv zerstört hätten, könnte der Tommy keinen Schritt mehr tun.«

»Ja. Aber seit Sonntag ist der Plan nutzlos.«

»Das ist richtig. Der ach so kranke Mann am Bosporus zeigt, dass er noch zubeißen kann.«

An dieser Stelle hielt es Stern für angebracht, seine Grüße zu überbringen. »Übrigens lässt Major Braubach ausrichten, ich möge Sie fragen, wie man einen Türken baut.«

Schabinger von Schowingen schnellte aus seinem Stuhl, für Sekunden war in seinem Gesicht nichts als Wut. »Das hat er gesagt?«

Stern wich unwillkürlich auf seinem Stuhl zurück. »Ja«, sagte er unsicher. »Vielleicht habe ich auch etwas falsch verstanden.«

»Das glaube ich kaum«, zischte von Schowingen. »Nicht Sie haben etwas falsch verstanden, sondern Ihr Major hat etwas nicht verstanden. Nämlich den richtigen Umgang mit militärischen Geheimnissen höchster Vertraulichkeit.«

»Das heißt ... na, es ist ja auch egal, was es heißt.«

Inzwischen hatte sich der Freiherr wieder ein wenig gefangen und bequem auf seinem Stuhl hingesetzt. Er dachte nach. »Wissen Sie, dann kann ich es Ihnen auch gleich richtig erzählen. Aber das Ganze unterliegt noch der Geheimhaltung. Die nächsten Tage sind kritisch. Können Sie schweigen, Stern?«

»Natürlich. Das Kriegsministerium hatte schon

Sprengstoff für mich bereitgestellt, den ich nach Kairo befördern sollte. Ich glaube nicht, dass jedem dahergelaufenen Journalisten ein solches Vertrauen entgegengebracht wird.«

»Wohl kaum«, gab Schabinger von Schowingen zu, der inzwischen seine Contenance wiedergefunden hatte, »wohl kaum. Darum lassen Sie sich unseren kleinen Plan erläutern: Die deutsche Marine hat zwei Schiffe im Mittelmeer, den Schlachtkreuzer *Goeben* und die *Breslau*, einen Geschützten Kreuzer. Diese sind vor den Briten durch den Bosporus ins Schwarze Meer geflohen. Die Briten blockieren nun unter Admiral Milne die Dardanellen im Westen, um die Flucht von *Goeben* und *Breslau* aufs Mittelmeer zu verhindern. Aber beide Schiffe werden übermorgen komplett der türkischen Marine überstellt.«

»Ich dachte, die Türken wären unsere Verbündeten?«

»Sind Sie auch. Unsere Beziehungen zur Hohen Pforte könnten nicht besser sein. Wir werden die Kreuzer auch nicht im Kampf verlieren, sondern beide Boote offiziell an den Herrn Kriegsminister Enver Pascha verkaufen.«

»Und was ist mit der Besatzung?«

»Verkaufen wir gleich mit. Admiral Souchon wird in die türkische Kriegsmarine aufgenommen, samt seiner Mannschaft. Sogar Feze liegen schon bereit für die Offiziere. Übermorgen ist es so weit. Die Schiffe werden umgetauft und dann als türkische Marine den Krieg ins Schwarze Meer tragen. Admiral Souchon will die Russen angreifen: Auf der Krim und in Noworossisk. Wenn die Entente einen Krieg will, soll sie ihn bekommen.«

»So baut man einen Türken«, sagte Stern erstaunt.

»In der Tat«, sagte Schabinger von Schowingen zufrieden. »Aber Sie sind ja nicht hier, um sich Berichte über Kriegslisten anzuhören, sondern um selbst eine auszuführen.«

»Bin ich das?«

»Jawohl. Vielleicht wissen Sie, was der Djehad ist?«

»Ehrlich gesagt: Nein.«

»Das ist schlecht. Denn Sie sollen den Djehad befördern.«

»Ach?«

»Djehad ist arabisch und heißt Kampf, Anstrengung, Bemühung. Der Begriff findet sich im Koran und bedeutet den Kampf der Muslime für den Sieg des Islam über seine Unterdrücker.«

»Warten Sie: Meinen Sie den Aufstand aller Muslime, den wir auslösen wollen? Davon hatte ich schon gehört.«

»Ganz recht«, bestätigte Schabinger. »Nur wollen wir ihn nicht auslösen. Als Ungläubige sind wir dazu wohl kaum in der Position dafür. Aber wir wollen unseren Freunden helfen, diesen Heiligen Krieg anzufangen.«

»Und was habe ich damit zu tun?«

»Noch gar nichts, aber der Sultan von Konstantinopel beabsichtigt, den Djehad zu proklamieren, und Sie sollen dabei sein.«

»Ich? Wann beabsichtigt der Sultan, das zu tun?«

»Das muss ich mir noch für ihn überlegen«, sagte der Dragoman mit einem süffisanten Unterton.

»Aber ist es nicht auch für uns als christliche Nation gefährlich, wenn die Muslime der Welt sich erheben?«

Schabinger lachte kurz auf. »Mein lieber Stern: Wenn die dreihundert Millionen Muslime der Welt sich erheben, um im bewaffneten Kampf ihre Rechte einzufordern, ist das dann gut oder schlecht für uns?«

»Es klingt gefährlich«, sagte Stern, der sich vorzustellen versuchte, wie dreihundert Millionen Türken ihre Krummsäbel über den Köpfen schwangen.

»Falsch! Ganz und gar falsch«, stieß Schabinger hervor. »Wenn sich die Muslime der Welt gegen ihre Unterdrücker erheben, ist das ganz großartig für das Reich. Denken Sie nach Stern, wo gibt es Muslime?«

»Im Osmanischen Reich?«

»Das auch, aber wo denn noch auf der Welt? In Indien gibt es Millionen von Muslimen, mehr als zehnmal so viele Muslime, als es überhaupt Briten gibt. In Russland gibt es Muslime, die tapfersten Kämpfer des Zaren beten zu Allah. Und in den französischen Kolonien gibt es Millionen von Muslimen. Wenn all diese Mohammedaner nun dem Ruf des Sultans folgen und sich erheben, dann ist unser Krieg hier in Europa schon so gut wie gewonnen. Dann hat mit den Briten, den Franzosen und den Russen die gesamte Entente ein anderes Problem als ein paar Landverluste in Belgien oder Galizien. Dann wanken die Großmächte Europas wie tönerne Riesen.«

»Aber hat es denn so etwas schon einmal gegeben: Einen Aufstand aller Muslime?«

»In dieser Dimension sicher noch nicht, aber vielleicht haben Sie schon etwas vom Mahdi-Aufstand gehört?«

»Ich bin mir nicht sicher. Meinen Sie die Unruhen im Sudan?«

»Ganz recht. Muhammad Ahmad wurde von seinen Leuten zum *Mahdi* erklärt, dem von Gott erwählten Führer der Gläubigen. Mit einer Armee von Lumpenkriegern, sogenannte *Ansar,* konnte er den Ägyptern und Briten von 1881 bis 1899 fast zwanzig Jahre lang einiges Kopfzerbrechen bereiten. Der Mahdi hatte den Heiligen Krieg ausgerufen und konnte den Briten den Sudan entreißen. Die Ansar haben einige britische Generale aufgerieben.«

»Und so ein Krieg soll jetzt in der ganzen Welt losgetreten werden?« Stern war entsetzt.

»Sehen Sie: Wenn es dem Sohn eines sudanesischen Bootsbauers gelingt, dem Tommy solche Schwierigkeiten zu bereiten, wie viele Schwierigkeiten können wir den Kolonialmächten erst bereiten, wenn die Kampfbereitschaft und Willensstärke der Muslime der Welt von einer gut geölten deutschen Maschine in Gang gesetzt werden?«

»Und wer hatte diese Idee?«

»Wir.«

»Das christliche Deutschland möchte also einen Aufstand aller Muslime in Gang setzen?«

»*In Gang setzen* würde ich jetzt nicht gerade sagen. Aber wir wollen ihn befördern. Sie müssen sich die Rolle Deutschlands vorstellen wie bei der Bagdad-Bahn. Auf dieser Strecke werden fast ausschließlich Mohammedaner reisen, aber die Schienen und die Lokomotive haben Deutsche gebaut.«

»Aber was ist mit Deutschland? In Deutschland leben doch gar keine Muslime.«

»Aber nur, weil unser Kaiser als Christ geboren ist. Das hat er selbst gesagt: *Wäre ich nicht als Christ geboren, wäre ich heute Moslem.* Na ja, Sie wissen ja, dass unser Kaiser sich gern hinreißen lässt, Wilhelm der Plötzliche, wie manche sagen. Aber: Solche Aussagen verschaffen ihm Freunde unter den Mohammedanern, er ist dort sehr geachtet. Außerdem haben wir keine Muslime unterworfen, sondern treiben Handel und Geschäfte mit ihnen. Wir bauen ihnen die Bagdad-Bahn, mit der wir dann unsere Waren in den Orient transportieren können und von dort das Öl herbeischaffen. Wer interessiert sich dann noch für die Meere, wenn man schneller und besser über Land fahren kann? Ich sage Ihnen: Wir sind wohl gelitten bei den Muslimen. Und so soll es auch bleiben. Denn dann mag die Welt um uns herum in Scherben fallen, wir aber werden stärker sein als jemals zuvor. Die starke Macht in der Mitte eines schwachen Europas.«

»Der Feind meines Feindes ist mein Freund, sozusagen.«

»Das ist der Vorteil, wenn man Arabisch studiert hat,

Stern. Dieses Zitat ist in Wahrheit nur Teil eines arabischen Sprichworts. Vollständig heißt es: *Die Feinde sind drei Arten: mein Feind, der Feind meines Freundes und der Freund meines Feindes. Die Freunde sind drei Arten: mein Freund, der Freund meines Freundes und der Feind meines Feindes.* Viele Muslime sind auch unsere Freunde.«

»Aber es geht darum, Gegner unseres Gegners aufzubauen?«

»Sehen Sie, Stern, das sind die zwei Arten der Kriegsführung. Die alte Kriegsführung zielte darauf ab, den Gegner auf dem Feld zu schlagen. Das kann gut gehen, wenn man über ausreichend Kräfte verfügt und diese geschickt einsetzt. Aber die moderne Kriegsführung stärkt auch die Todfeinde des Gegners. Mit etwas Glück kann man so mit verhältnismäßig bescheidenen Mitteln dem Gegner einen Dolch in den Rücken setzen und muss gar nicht Mauern zerstören, die nicht einmal die Dicke Bertha sprengen könnte. Schauen Sie: In der Schweiz haben wir einen Uljanow zu sitzen, Russe und Sozialdemokrat, ein ganz und gar grässlicher Mensch, obwohl er eigentlich adliger Herkunft ist. War eine Zeit lang in Berlin und München. Dieser Uljanow ist einer der schärfsten Gegner von Zar Nikolaus. Also lassen wir ihn gewähren, mehr noch: Es gibt schon Überlegungen, wie wir Uljanow auf unsere Kosten nach Russland befördern können. Einen russischen Sozialisten! Aber so geht eben Insurrektion. Wir können uns die Feinde unserer Feinde nicht aussuchen. Der Kaiser sagt, wir sollen *die*

Muslime zum wilden Aufstande entflammen. Deshalb hat unser Generalstabschef von Moltke auch nach einem Vorschlag von Max von Oppenheim die *Nachrichtenstelle für den Orient* gegründet. Wir sollen die Nachrichtenlage im Orient verstehen und beeinflussen und den Panislamismus in Deutschland und der Welt befördern.«

»Was ist der Panislamismus, wenn ich fragen darf?«

»Das ist ein Wort von Oppenheim. Es meint die Erhebung und Verbündung aller Muslime. Und wir wollen ihn befördern. In ein paar Wochen wird der Sultan von Konstantinopel, der offizielle Führer aller Muslime der Welt, den Djehad verkünden. Und wir beide, Sie und ich, Stern, sind dafür verantwortlich, dabei die Unterstützung des Deutschen Reiches für diese Sache deutlich zu machen.«

»Wie sollen wir das anstellen? Will der Kaiser Spruchbänder und Fahnen aufhängen lassen?«

»Unfug! Wir können doch nicht an so einem Tag die Fahne des Reiches in Konstantinopel wehen lassen. Wir haben die Aufgabe, einige muslimische Kriegsgefangene des Reiches pünktlich zur Proklamation des Djehad nach Konstantinopel zu bringen, auf dass diese dem Sultan zujubeln und von der Unterstützung und Freundschaft Deutschlands zu den Muslimen dieser Welt berichten können.«

»Und wo bekommen wir die Muslime her?«

»Das lassen Sie mal meine Sorge sein, ich werde schon morgen zu diesem Zweck aufbrechen und uns ein gutes

Dutzend bester Muslime organisieren. Ihnen fällt die schwierige Aufgabe der Organisation zu, die Muslime von hier nach Konstantinopel zu bringen.«

»Mit der Bahn, würde ich annehmen.«

»Selbstverständlich werden wir nicht den Seeweg nehmen«, sagte Schabinger von Schowingen ungeduldig. »Aber vielleicht können Sie auch ein bisschen weiterdenken: Was denken Sie, werden die Rumänen dazu sagen, wenn wir mit einer Horde französischer Kriegsgefangener nach Konstantinopel reisen wollen? Die werden uns ja sicher keine Erfrischungen reichen und eine gute Reisen wünschen wollen.«

»Rumänien ist doch neutral.«

»Ersparen Sie uns doch bitte den Unsinn! Der alte König Carol I. war praktisch drauf und dran, sich uns Mittelmächten anzuschließen, aber sein unseliger Neffe Ferdinand wird uns den Gefallen wohl nicht tun. Er hat sich zwar noch nicht formal der Entente angeschlossen, aber das ist doch nur eine Frage der Zeit. Überlegen Sie sich lieber, wie Sie uns von hier nach Konstantinopel bringen!«

Damit war für den Freiherrn das Gespräch erkennbar beendet. Abrupt erhob er sich von seinem Stuhl und reichte Stern förmlich die Hand. Stern hatte nichts dagegen, das Büro verlassen zu dürfen. Bei Braubach waren ihm immer Kaffee und Tabak angeboten worden, dafür waren beim Major die Stühle aber auch bequemer gewesen.

TASSAOUT

Das Sennelager

Die Deutschen hatten sie in ein Gefangenenlager gebracht, aber Tassaout verstand es nicht. Schließlich war es doch in einem Kampf üblich, dass man seine Feinde fing und einsperrte, wenn nicht sogar umbrachte. Also waren Aderfit und er überzeugt gewesen, dass ihnen nun das Schlimmste vom Schlimmen bevorstand. Nach der schlimmen Überfahrt und der schweren Zeit in Marseille, nach dem zehrenden Marsch nach Trabander und der Hölle von Ypern waren sie nun von den Boches gefangen, wovor sie die Franzosen immer gewarnt hatten, lieber von ihnen erschossen werden, hieß es, als in ihre Gefangenschaft zu geraten. Nun erwarteten sie das Schlimmste vom Schlimmen, das Zentrum aller Qualen der Welt. Was werden sie uns dort antun?, hatte Tassaout im Waggon geflüstert, während ihr Zug stundenlang über die Gleise fuhr. Ich weiß es auch nicht, sei schon still!, hatte Aderfit gesagt.

Er hatte keine Angst, die Ait Attik waren ein tapferes

Volk, aber ein wenig bange war ihm schon zumute, wenn das, was jetzt kommen sollte, noch schlimmer werden würde als das, was sie hinter sich hatten. Vielleicht würde er Megdaz niemals wieder sehen.

Doch die Überraschung war, dass es ihnen seit der großen Überfahrt niemals so gut gegangen war wie in dem deutschen Gefangenenlager. Jeder bekam ein Bett, unterschieden nur nach Offizieren und Soldaten, aber unabhängig davon ob Berber, Gnawa oder Franzose. Die Deutschen verhielten sich anständig und keiner von ihnen beschimpfte sie als dreckig, es gab dreimal am Tag anständig zu essen von tadellosem Geschirr und sonst hatten sie nicht viel zu tun. Nun gut, sie durften das Lager natürlich nicht verlassen, aber wo hätten sie auch hingehen sollen? Tassaout besaß kein Geld, sein einziges Ziel außerhalb dieses Lagers wäre Megdaz gewesen und ohne Geld war Megdaz für ihn unerreichbar. Er hätte nicht einfach durch den Großen Kampf und über das Meer hinweg nach Hause laufen können. Da war es besser, die Zeit hier im Gefangenenlager zu verbringen und abzuwarten.

Ihre Tage vergingen in ruhiger Gleichförmigkeit, ohne dass dies im Gegensatz zu ihrer Zeit im Schlamm besonders schrecklich oder anstrengend gewesen wäre. Einmal pro Tag mussten sie sich in Formation aufstellen und abzählen, gelegentlich waren kleinere Arbeiten zu verrichten, für die sich Tassaout und Aderfit stets meldeten, weil es nach erfolgter Arbeit praktisch immer eine Extraration gab. Sie hatten beide dauernd Hunger und sicher nichts Besseres zu tun, um ihre Zeit zu verbringen. Die Franzosen schimpften zwar mit ihnen und sagten, sie sollten sich nicht mit den Feinden verbrüdern, aber ihre angeblichen Freunde hatten nichts für sie getan, als sie aus der Heimat zu verschleppen und zum Kämpfen zu zwingen, während ihre angeblichen Feinde nichts anderes getan hatten, als sie anständig zu behandeln. Dem Lagerkommandant Generalmajor von Lüning lag offensichtlich vor allem daran, dass es ruhig in seinem Lager zuging.

An einem Morgen spürte Tassaout, dass etwas Besonderes in der Luft lag. Die Soldaten, die das Lager führten, sprachen lauter und schärfer mit ihnen und untereinander, die Offiziere liefen in schnellem Schritt durch das Lager und zur gewohnten Uhrzeit fand kein Zählappell statt. Stattdessen befahlen die Soldaten allen Männern aus dem Maghreb unter ihnen, Arabern, Berbern oder Gnawa, sich in Reih und Glied aufzustellen, als ein Auto mit einer Gruppe von Offizieren und Männern in vornehmer Kleidung vom Bahnhof eingetroffen war. Von Lüning selbst führte die Männer zum Appell. Die Gefangenen standen zackig und stramm und ließen sich von den Männern begutachten, deren Augen offensichtlich gefiel, was sie sahen.

Einer von ihnen, ein relativ kleiner Mann mit schwarzen Haaren und der besten Kleidung, war offensichtlich der Führer der Gruppe. Er stellte sich nun vor den Gefangenen auf, räusperte sich und sprach plötzlich zu ihrer Verwunderung zu ihnen in einwandfreiem marokkanischem Arabisch: »Können Sie mich verstehen?«

»Ja«, sagten die unter ihnen, die Arabisch sprachen.

»Was ist mit den anderen?«, fragte der Deutsche.

Aderfit meldete sich.

»Was?«, fragte ihn der Deutsche.

»Mein Herr«, sagte Aderfit zögerlich, »ein Teil von uns sind Berber. Viele von ihnen sprechen kein Arabisch, sondern nur *Tamazight*, die alte Sprache ihrer Vorfahren.«

»Aber es sind Muslime?«

»Natürlich, mein Herr.«

»Sprichst du diese Sprache?«

»Ja, Herr, ein wenig.«

»Dann wirst du das, was ich zu sagen habe, für diese Männer übersetzen.«

»Sehr wohl.«

Der Mann stellte sich nochmals zurecht und begann: »Meine Herren! Durch unglückliche Winde des Schicksals stehen Sie mir heute gegenüber als Gefangene des Deutschen Reiches. Doch Deutschland ist nicht Ihr Feind. Es gibt in der Welt der Christen keinen größeren Freund der Muslime als unseren Kaiser Wilhelm. Unser Kaiser betrachtet Sie und alle Mohammedaner als *gezwungen gegen uns eingesetzte Angehörige fremder Truppen*. Wir sind nicht Feinde. Ihr Feind und unser Feind sind die Franzosen, die Ihnen das Land geraubt und Sie zu Sklaven gemacht haben. Aus aufrichtiger Anteilnahme an der politischen Geschichte der mohammedanischen Staaten und Völker hat daher Seine Majestät der Kaiser bestimmt, dass vierzehn von Ihnen nach der deutschen Reichshauptstadt befördert werden sollen.«

Die Franzosen schauten verwundert aus den Baracken heraus und konnten ihren Augen nicht trauen, wie da ein deutscher Offizier zu den Maghrebinern auf Arabisch sprach. Doch der fuhr fort: »Ich bin heute hier, um diese vierzehn auszuwählen. Diese kommen mit mir nach Berlin, um von dort zu einer noch längeren Reise von großer geschichtlicher Bedeutung aufzubrechen. Ich kann Sie hier und jetzt nicht weiter in Kenntnis setzen, aber diejenigen, die bei dieser großen Reise mit dabei sein dürfen, werden somit auch zum Teil der Geschichte der Menschheit und des Islam. Ziel der Reise ist ein Treffen mit Ihren Glaubensbrüdern. Denen unter Ihnen, deren Herz für Frankreich schlägt, ist diese Reise nicht zugedacht. Denn diese Reise ist nur für Mutige, für die, denen die Sache des Koran und aller Muslime am Herzen liegt. Sollten Sie also mit dabei sein wollen auf dieser Reise, bitte ich Sie nun vorzutreten.«

Tassaout machte sofort den Schritt nach vorn.

»Bist du verrückt?«, sagte Aderfit zu ihm auf Tamazight. »Geh zurück. Das ist bestimmt gefährlich.«

»Was sagen Sie?«, fragte der Deutsche.

»Ich lobe seinen Mut, aber bezweifle seinen Verstand«, sagte Aderfit.

»Komm«, sagte Tassaout, »die Deutschen haben uns gut behandelt und es gibt bestimmt wieder etwas extra zu essen. Du weißt, wie sie immer sagen: *Sonderration.*«

Auch von den arabischen Dolmetschern sprach niemand Tamazight, sodass die Besucher unbeteiligt danebenstanden. Nur bei dem deutschen Wort hatten sie überrascht zu den beiden Marokkanern herübergeschaut.

»Was soll das mit dem Islam und den Glaubensbrüdern heißen? In Marokko haben uns die Araber immer *kafir* genannt und jetzt sollen wir für alle Muslime eintreten? Vielleicht wollen die das gar nicht.«

»Es ist doch gleich, was wir machen sollen, mein Bruder. Willst du hierbleiben, immer nur hierbleiben? Vielleicht kommen wir so wieder nach Hause.«

»Oder wir sterben«, sagte Aderfit.

»Dann sterben wir. Aber lieber sterbe ich auf dem Weg, der mich noch einmal nach Megdaz führen könnte, als ewig hier in der Dunkelheit zu leben. Komm doch mit!«

»Wenn Sie erlauben, mein Herr«, sagte Aderfit zu dem Deutschen, »würde ich auch gern mit dabei sein.«

»Wunderbar«, sagte der Deutsche. »Sie können wir besonders gut gebrauchen.«

Die Männer liefen die Reihen entlang, der Anführer stellte hin und wieder eine Frage auf Arabisch, zwischendurch unterhielt er sich mit dem Lagerpersonal auf Deutsch, dieser seltsam abgehackten, harten Sprache, die stets verärgert klang. Als sie bei Tassaout angelangt waren, richtete der Lagerkommandant von sich aus ein paar Worte an den Anführer, zu denen dieser zufrieden nickte. Dann ging er zu den Männern hin.

»Und haben Sie Lust auf eine kleine Reise?« Aderfit übersetzte.

»Klein oder groß«, sagte Tassaout.

»Dann werden Sie sicher bald packen gehen.«

»Danke, Herr Kommandant.«

Jetzt lachte der Anführer. »Kommandant bin ich nicht. Einen Dragoman kannst du mich nennen, aber Kommandant bin ich nicht.«

»Jawohl, Herr Dragoman.«

Eine Stunde später saßen er und Aderfit mit zwölf anderen in einer Kutsche zum Bahnhof nach Berlin. Sie waren sechs Marokkaner, drei Tunesier und fünf Algerier, bewacht von zwei Soldaten, die sie neugierig anstarrten. Der Dragoman fuhr nicht im selben Abteil wie sie, er saß in der ersten Klasse.

Merrakec war den Ait Attik groß vorgekommen, wie hätten sie gestaunt, was Tassaout ihnen aus Marseille zu erzählen gehabt hätte mit seinen riesigen Kränen im Hafen, der ihm größer schien als ganz Merrakec. Aber was sollte man erst zu Berlin sagen, der größten Stadt der Deutschen?

Berlin kam ihm vor wie ein Termitenhügel für Menschen. Auf den ersten Blick schienen sich alle möglichen

Menschen, Pferde, Maschinen, Züge ungeordnet und wild umherzubewegen, aber beobachtete man eine Person genauer, sah man, dass jeder seinem Weg folgte, dass jedermann ein Ziel hatte, dass die Menschen einander aus dem Weg gingen, dass alles womöglich einem großen Plan folgte. Tassaout konnte nicht verstehen, wie die Menschen hier leben konnten. Im Atlas gab es genug zu essen und trinken für jeden, immer einen freien Blick zu Himmel und Horizont. Aber wie konnte man in diesem Berlin überleben? Wo schlief man in all diesem Lärm, wo konnten die Herden weiden, denn auch diese Menschen hier mussten essen und trinken, also mussten irgendwo riesige Herden stehen.

Zum Glück mussten sie sich darum keine Gedanken machen, denn sie waren Gäste des Kaisers, unter dem Schutz des Konsuls, für sie war gesorgt. In ein paar Tagen würden sie eine Reise zur Heimat aller Muslime machen und danach, nach Abschluss dieser Reise, würden sie alle völlig frei sein, das hatte ihnen der Konsul versprochen. Und Tassaout hoffte, dann zum letzten Mal in seinem Leben ein Schiff zu besteigen und zurück nach Anfa zu fahren und von dort nach Merrakec und dann würde er auf den Markt gehen, einen der Ait Attik treffen, zu dem er mit auf den Wagen durfte, und dann würde er wieder die Tore der Kasbah sehen und seine Eltern und Tamanart, die ganze Familie wieder in die Arme schließen. Er würde die Herde führen, den gelben Himmel über sich und den trockenen Sand unter seinen

Füßen. Wenn Tassaout nur daran dachte, auf seinem Bett in der Kaserne am Park, wo sie untergebracht waren, spürte er schon die Wärme an seinen Fußsohlen und seine Augen wurden tränenvoll.

SCHABINGER

Aufstand

Ein großer Vorteil des subalternen Daseins war es, dass man sich nicht mit den eigentlichen Problemen zu beschäftigen hatte. Während sein Adjutant Stern lediglich die Aufgabe hatte, die Gefangenen einzukleiden und Zugbilletts zu kaufen, war dem Freiherrn die Aufgabe zugefallen, von Berlin aus die Vorbereitungen für den Aufstand aller Millionen Muslime zu treffen. Das war nun alles andere als einfach zu bewerkstelligen, zumal der Sultan nicht über einen Telefonapparat verfügte, sodass Schabinger als Legationssekretär alles brieflich oder per Telegramm zu regeln hatte oder mit der Botschaft telefonierte, damit so dem Palast Botschaften bestellt werden konnten.

Das alles machte eine schwere Aufgabe nicht einfacher, denn der Sultan konnte oder wollte das deutsche Anliegen anfangs nicht verstehen. Die Aufgabe des Freiherrn bestand also in ihrem Wesen darin, dem Sultan die Vorstellung eines Djehad so zu suggerieren, dass der Sultan die Idee am Ende für die seine hielt. Zwar waren die Türken den Deutschen freundlich gesinnt, dennoch wäre es wohl nicht auf Gegenliebe gestoßen, wenn diese dem obersten geistlichen Führer der Muslime religiöse Hinweise gaben. Schabinger konnte als Christ ja nicht den obersten Muslim auf bestimmte Passagen des Korans aufmerksam machen, auf die sich der Jude von Oppenheim in seiner Schrift »Die Revolutionierung der islamischen Gebiete unserer Feinde« bezogen hatte.

Unglücklicherweise schien sich der Sultan nie eingehender mit dem Djehad beschäftigt zu haben. Also musste Schabinger indirekt Hinweise geben, dem Sultan um den Bart gehen und palavern, bis dieser langsam zu verstehen begann, worauf der Freiherr hinauswollte. Er versuchte es so, dass er beispielsweise den weisen Sultan um Auskunft darüber bat, wie er als Unwissender denn bestimmte Verse der 9. Sure zu verstehen habe und ob er, der Sultan, nicht auch der Meinung sei, dass damit möglicherweise die Kolonialmächte gemeint sein könnten, die die Muslime der Welt unterdrücken würden. Insofern musste er einen möglichst beiläufigen, fragenden Ton anschlagen, obwohl er diese Fragen per Telefon oder Telegramm stellte.

Dessen ungeachtet verlief dieser schwierige Dialog unter Zeitdruck, denn selbst wenn es Schabinger endlich zuwege brächte, den Sultan zu diesem Aufruf zu bewegen, würde doch danach sicher noch einige Zeit vergehen, bis die Muslime der Welt davon Kenntnis erhielten und zu den Waffen griffen. Und der Krieg, der zu gewinnen war, war schon im Gange. Wenn sich die Erhebung der Muslime aber noch über Wochen hinziehen sollte, war dieser Krieg schon vorbei, hatte Deutschland diesen im ungünstigsten Fall womöglich sogar verloren, und das ganze kostspielige Unternehmen hätte für das Reich seinen Sinn verloren.

Endlich schien der Sultan zu begreifen, warum Schabinger von Schowingen ihn fortwährend behelligte und von diesem Punkt an wurden die Verhandlungen einfacher. Plötzlich gab es sogar ein Telefon, mit dem Schabinger einen direkten Verhandlungspartner im Palast erreichen konnte. Dieser erklärte ihm, dass der Sultan gern diese gute Idee seiner deutschen Freunde aufgreifen wolle, ein solches Unterfangen allerdings mit immensen Kosten verbunden sei. Schabinger seufzte erleichtert auf. Genau das war von Anfang an sein Anliegen gewesen, eine Summe auszuhandeln, für die der Sultan zum Heiligen Krieg aufrufen würde. Wie üblich in orientalischen Verhandlungen, zogen sich diese Gespräche noch etwas hin, schließlich aber konnte man sich auf eine Summe und ein Datum einigen. Am Nachmitag des 11. Novembers wollte der Sultan den Heiligen Krieg verkünden, Schabinger versprach, mit einer Delegation deutscher Muslime vor Ort dabei sein zu wollen. Da sie im Osmanischen Reich nicht nur eigene Uhrzeiten hatten, sondern auch ein anderer Kalender galt, stutzte nur der Legationssekretär kurz, als der den 11.11. als geplanten Anfangstag der großen Erhebung in seine Unterlagen eintrug.

STERN

Koffer packen

Ein großer Vorteil vornehmer Herkunft war es, dass man sich nicht mit den eigentlichen Problemen auseinandersetzen musste. Schabinger von Schowingen war vermutlich in einem Haus aufgewachsen, in dem ihm ein Kammerdiener die gepackten Koffer und passenden Billetts reichte, wenn sich der Freiherr auf Reisen begeben wollte. Wie kompliziert es war, für vierzehn Muslime und zwei Mann Begleitpersonal in Kriegszeiten und unter den Bedingungen preußischer Bürokratie eine Bahnfahrt nach Konstantinopel zu organisieren, gehörte zu den Unannehmlichkeiten des Lebens, von denen Leute vom Schlage Schabingers nicht die geringste Vorstellung hatten.

Denn eine preußische Verwaltung ist zuallererst ein verwaltungstechnisches Wunderwerk, das genau und getreulich seine Aufgaben erfüllt. Wenn man aber wie Stern eine dieser Verwaltung bisher völlig unbekannte Aufgabe vor sich hatte und diese auch noch in sehr kurzer Zeit erledigen wollte, dann wurde das ganze Wunderwerk ungefähr so sinnvoll, wie wenn man bei einem Kranken dringend die Körpertemperatur bestimmen musste, dafür jedoch nichts anderes zur Verfügung stand als eine Schweizer Uhr. Dabei spielte es keine Rolle, dass die Männer Muslime waren, sie hätten Menschenfresser oder Marsmenschen sein können, das Problem war, dass sie weder Soldaten waren, für die die Militärverwaltung zuständig gewesen wäre, noch ausländische Diplomaten, die wiederum in die Zuständigkeit des Auswärtigen Amtes gefallen wären. Und wenn schon unklar war, wer überhaupt zuständig sein sollte, war es nur logisch, dass es auch kein Budget gab, mit dem man die Beschaffung der Zugbilletts hätte bewerkstelligen können.

Zum Glück hatte Stern bei den Vorbereitungen für seinen Suez-Plan schon zahlreiche Erfahrungen mit der Bürokratie gesammelt und eine gewisse Fähigkeit entwickelt, die Temperatur mit der Schweizer Uhr zu bestimmen. Nach Tausenden von Telefonaten und persönlichem Vorsprechen im Reichskolonialamt einigte man sich darauf, die Angelegenheit zumindest formal als einen Gefangenentransport *unter besonderen Umständen* zu betrachten. Stern und Schabinger wurden verwaltungstechnisch als begleitendes Wachpersonal verbucht und die Muslime als Gefangene, für die im verwaltungstechnischen Sinne momentan keine Transportkapazität des Militärs zur Verfügung stand, weshalb ihnen ausnahmsweise jeweils ein Billett der Holzklasse in einem zivilen Zug zugestanden wurde.

Die Kleidung für die vierzehn Muslime konnte vergleichsweise einfach beschafft werden, Stern stellte sich mit dem Trupp in der Hausvogtei vor, präsentierte dort die Papiere und konnte so die Kleidung beauftragen, ein Vorgang, der wiederum seine eigenen Tücken hatte, von denen gleich berichtet werden wird. Viel schwieriger war es, die Pässe für die Mohammedaner zu beschaffen. Die Tunesier konnten immerhin ihre Namen aufschreiben und kannten ihre Geburtsdaten. Aber die meisten der Marokkaner und Algerier waren dazu nicht in der Lage. Obschon Stern von Saleh al-Scharif, einem tunesischen Gelehrten aus der *Nachrichtenstelle für den Orient*, bei der sprachlichen Verständigung unterstützt wurde, waren diese Mitreisenden nicht in der Lage, einen Nachnamen zu benennen, geschweige denn den eigenen Geburtstag genau zu bestimmen.

Stern machte sich zu jedem Gefangenen Notizen, damit er sich, zurück in der Wilhelmstraße, mit al-Scharif darüber austauschen konnte, wie alt sie diesen und jenen Gefangenen schätzten. Der tunesische Gelehrte ersann nachfolgend noch für jeden der Gefangenen einen Nachnamen, der keinen benennen konnte. Al-Scharif nahm einfach die Dörfer, aus denen die Marokkaner stammten, oder die Namen von Berggipfeln des Atlas. Diese Angaben leitete Stern nun mit offizieller Post des Reichskolonialamts weiter an die Militärverwaltung mit der Bitte, Pässe für die Gefangenen auszustellen.

Vier Tage musste er warten, was angesichts dieser kriegswichtigen Angelegenheit unfassbar viel Zeit war. Als Stern dann die Pässe aufschlug, konnte er es zuerst nicht fassen: Die Beamten hatten einfach bei jedem der Gefangenen, für den Stern nur das Geburtsjahr hatte schätzen, aber keinen Geburts-Tag hatte nennen können, den 1. Januar als Geburtsdatum eingetragen. So funktionierte die preußische Verwaltung, korrekt bis weit in die Sinnlosigkeit hinein. Somit hätte die Hälfte ihrer orientalischen Truppe den genau gleichen Geburtstag ausweislich ihres Passes gehabt. Bei einer so kriegswichtigen Unternehmung, einer Kriegslist, wie sie vor ihnen lag, und die darin bestand, vierzehn Orientalen möglichst unauffällig durch Feindesland nach Konstantinopel zu bringen, war alles, was die zusätzliche Aufmerksamkeit von Grenzbeamten hervorrufen könnte, zu vermeiden. Stern ließ diese sieben Pässe sofort per Eilpost zurück in die Verwaltung bringen, mit der Anweisung, unauffällige, gemischte Geburtsdaten einzutragen. Zur Hilfestellung hatte er sieben zufällig erdachte Geburtstdaten beigefügt, damit die Hornochsen in der Verwaltung die Gelegenheit, eine Angelegenheit zu versieben, nicht erneut nutzen würden.

Einen Tag später traf die Kleidung für den Transport ein. Stern hatte einen Plan entworfen, über den er sich ebenso freute wie damals über seinen Suez-Plan.

Er hatte vor der Frage gestanden: Wie konnte es gelingen, vierzehn orientalische Muslime von Berlin nach Konstantinopel zu bringen? Hätten sie versuchen sollen, aus den Muslimen Reichsbürger oder Österreicher zu machen? Dann hätten sie behaupten müssen, die braven Männer sprächen nur Ruthenisch und könnten sich deshalb nicht verständlich machen. Aber das Spiel hätte an der rumänischen Grenze auffliegen können, denn dort hätten auch Ukrainer im Dienst sein können, die dann bemerkt hätten, dass ihre Orientalen nur Arabisch und andere Sprachen des Orients beherrschten. Letzten Endes würde ihnen niemand abnehmen, dass diese Menschen Bürger Deutschlands oder Österreichs wären.

Sicher würde es viel Aufsehen machen, wenn vierzehn orientalisch aussehende Bürger des Deutschen Reiches im besten Alter nach Konstantinopel fahren. Man hätte sie für eine Kommando-Einheit in geheimer Mission halten können, was sie ja in gewisser Hinsicht auch waren. Ihr Hauptproblem war Rumänien. Offiziell war das Land zwar immer noch neutral, wohl aber schon feindselig gesinnt. Man hätte die Truppe einer detaillierten Kontrolle unterziehen, sie langfristig festsetzen und verhören können. Es war Krieg, da war so etwas üblich und sie wären dann niemals rechtzeitig oder sogar überhaupt nicht bis nach Konstantinopel gekommen. Aber wie sonst sollte man vierzehn äußerst exotisch aussehende Männer im besten wehrfähigen Alter Hunderte von Kilometern möglichst unauffällig durch Europa bringen?

Auf die Lösung war Stern durch den *Entwendeten Brief* gekommen, eine Erzählung aus Amerika, die er in seiner Jugend mal gelesen hatte. Anstatt etwas aufwendig zu verstecken, sagte die Erzählung, konnte man Dinge auch unsichtbar machen, indem man sie jedermann überdeutlich zeigte. Anstatt also allerlei Aufwand zu betreiben, den Männern aus dem Maghreb ein paar Brocken Deutsch beizubringen, ihnen die Bärte zu rasieren, womöglich die Haare zu bleichen, würde Stern das Orientalische an ihnen geradezu herausstellen. Und aus welchem gewöhnlichen Grunde könnten vierzehn orientalische Männer wohl durch Europa fahren?

Stern rief kurzerhand einen Zirkus ins Leben mit vierzehn ausgesuchten Artisten. Er deklarierte die Orientalen als Reit- und Trapezkünstler, auf diese Weise konnte es den Grenzbeamten nicht einfallen, spontan Kunststücke von ihnen als Arbeitsnachweis einzufordern. Er selbst würde den Zirkusdirektor geben und der eigentliche Anführer ihrer Expedition, Freiherr von Schowingen, würde ohne erkennbare Zugehörigkeit zu diesem Zirkus in der Schlafwagenklasse reisen. So konnte es gelingen, dachte Stern, und Schabinger hatte seinem Plan gnädigerweise zugestimmt, zumal der Freiherr selbst keinen besseren hatte.

Seinem Plan entsprechend, hatte Stern also in der Hausvogtei Kleidung für seine »Artisten« bestellt:

»Möglichst wilde, orientalische Kleidung«, hatte er auf die Anforderung an die Militärverwaltung geschrieben, »wie sie in einem Zirkus gewöhnlich zu finden ist: Also z. B. Fez, Pluderhose, breite Samtgürtel, Brokatwesten etc.« Die passenden Größen der Gefangenen hatten sie bei ihrem Besuch in der Kaserne des Telegrafen-Bataillons aufgenommen und der Anforderung beigefügt. Die bestellte Kleidung bat Stern gleich an die Adresse der Kaserne *Am Schlesischen Busch* schicken zu lassen, damit die Gefangenen ihre Kostüme auf der Stelle anprobieren konnten.

Fassungslosigkeit erfasste Stern, der gedacht hatte, dass ihn nichts mehr aus der Ruhe bringen könnte, als er zwei Tage vor der Abreise mit al-Sharif zur abschließenden Inspektion und Instruktion der Truppe fuhr. Die Gefangenen hatten sich in ihre Kostüme geworfen und begrüßten sie schon auf dem Kasernenhof. Da standen sie in Zweierreihe zu je sieben Mann, aufgereiht der Größe nach wie die Orgelpfeifen und schauten stramm und freudig nach vorn. Ihr Anblick hätte einem Exerzieroffizier wohl ebenso viel Freude bereitet, wie Stern Entsetzen verspürte. Diese Rindviecher von der Verwaltung hatten den Männern gleichsam vierzehn Uniformen schneidern lassen: vierzehn exakt gleiche Fez, vierzehn exakt gleiche Pluderhosen, vierzehn exakt gleiche Westen und so weiter.

Stern machte auf dem Absatz kehrt und fuhr eilig in die Heidereutergasse, wo er vor ein paar Wochen den fähigen jüdischen Schneidermeister Straus gefunden hatte, beschlagnahmte den verdutzten Mann samt einiger Materialien im Namen der kaiserlichen Armee und zwei Stunden später waren sie beide zurück am Treptower Park. Im Unterschied zur sonstigen Kunst von Meister Straus hatte dieser nun die Kleidung zu zerreißen, mit Fehlern zu versehen, Flicken anzubringen, wo keine Löcher zu flicken waren, und Arbeiten zu vollbringen, die darauf ausgerichtet waren, die Gewänder der Orientalen möglichst uneinheitlich aussehen zu lassen. Dazu wiesen sie die Gefangenen an, auch Teile ihrer ursprünglichen Kleidung zu tragen, soweit sie diese nicht als Angehörige einer der Entente-Armeen auswies. Kurz vor Mitternacht hatte der Aufzug der vierzehn Gefangenen endlich entfernte Ähnlichkeit mit dem einer Zirkustruppe und Stern entließ Meister Straus nach Hause ins Scheunenviertel, samt der Zusage zu einer guten Entlohnung seiner Arbeit durch das Reichskolonialamt, die er gleich am nächsten Morgen verfügte.

Schließlich trafen auch die sieben noch fehlenden Pässe ein, natürlich waren eben jene sieben Geburtstage dort eingetragen worden, die Stern sich eilig ausgedacht hatte. Sie waren reisefertig.

TASSAOUT

Im Zug

»Diese Deutschen sind sehr nett, Aderfit.«

»Und verrückt«, stimmte ihm der Freund zu. »Sie sind nett, aber völlig verrückt.«

»Seit wir Marokko verlassen haben, haben wir nicht so gut gegessen wir hier in Berlin.«

»Das kann man wohl sagen, mein Bruder.«

»Bei den Franzosen gab es nie so gutes Essen. Nicht an einem einzigen Tag gab es in Frankreich ein so gutes Essen wie hier am schlechtesten Tag in Deutschland.«

»Darüber habe ich auch schon nachgedacht«, sagte Aderfit. »Vielleicht wollten uns die Franzosen sogar gutes Essen geben, aber sie können das einfach nicht.«

»Ich weiß nicht«, sagte Tassaout. »Ich habe die Franzosen in Merrakec über den Markt gehen und dort Lebensmittel aussuchen sehen. Darum dachte ich eigentlich, dass sie etwas davon verstehen würden. Sie wissen auf jeden Fall, wie gutes Essen aussieht.«

»Dabei sollten wir sogar mit ihnen gegen die Deutschen kämpfen.«

»Und die Deutschen haben uns mit Gewehren in unseren Händen gefangen, mit denen wir auf sie schießen sollten. Und doch behandeln sie uns gut.«

Jetzt waren sie in Berlin, sie konnten sogar in den Park gehen, denn der große Kaiser hielt sie nicht gefangen, sondern war ihr Freund. An den Bäumen dort hingen goldene Blätter, als ob sie vertrocknet waren, dabei war die Erde feucht. Die Menschen starrten sie an, aber alle waren ganz freundlich. Alle paar Tage kam ein Mann, der Arabisch mit ihnen sprach. Sie würden, sagte der Mann, bald in den Süden fahren. Er zeigte es ihnen auf der Karte und erklärte dazu, dort würde der große Sultan alle Muslime zum Kampf aufrufen und sie alle, er selbst, Aderfit und die anderen, würden als Vertreter für Marokko, für den ganzen Maghreb dort sein. Tassaout dachte vor allem daran, dass sie dann wieder ganz nah am Atlas waren, viel näher, als sie es jemals seit der schrecklichen Bootsfahrt von Anfa nach Marseille gewesen waren.

Vielleicht würden die Deutschen sie laufen lassen nach der Rede des Sultans, damit sie zurück in ihre Länder gehen und dort vom großen Kampf gegen die Franzosen berichten könnten? Alle redeten wild durcheinander und jeder hatte eine andere Meinung. Dass die Deutschen immerzu kamen, sie vermaßen, sie merkwürdige Kleidung anziehen ließen, mit der Tassaout aussah wie ein türkischer Kaufmann, und dass die Deutschen dann kamen und diese Kleidung selbst zerstörten, dass spielte da keine wichtige Rolle. Wichtig war nur, dass ihre Reise bald beginnen würde.

STERN

Großer Bahnhof

Am Anhalter Bahnhof hatte sich eine richtiggehende Delegation versammelt, um den Zirkus zu verabschieden. Dass der Zug nach Istanbul von der Internationalen Schlafwagengesellschaft, der *Compagnie Internationale des Wagons-Lits*, also eigentlich von den Franzosen, betrieben wurde, auch wenn der offizielle Sitz der CIWL in Brüssel lag, das wiederum in deutscher Hand war, das alles passte nur allzu gut zu Sterns geplantem Husarenstück. Der kleine Vorteil war, dass ihre Reise keineswegs militärisch aussah, der große Nachteil, dass sie nicht mal auf die Unterstützung des Zugpersonals hoffen konnten.

Stern hatte sich stilecht als Zirkusdirektor herausgeputzt. Neben Breeches und Reitstiefeln zierten ihn ein großer Schlapphut und eine Ordensrosette im Knopfloch. Sogar sein Vater war zum Bahnsteig gekommen, er schaute Stern zwar etwas befremdet von dessen Aufputz an, verabschiedete sich dann aber einigermaßen gerührt von ihm. Dass sich aber auch Otto von Wesendonk, der neue Chef der Nachrichtenstelle für den Orient, persönlich im Bahnhof eingefunden hatte, ließ Stern nichts Gutes ahnen. Vermutlich wollte der Herr Konsul ihn nicht nur aus sentimentalen Gründen noch einmal sehen.

Wesendonk nahm ihn beiseite. »Hören Sie, Stern«, sagte der Konsul. »Ihre vierzehn Orientalen sind nicht das Einzige, was wir aus der Treptower Kaserne mit zum Zug gebracht haben.«

Stern war entsetzt. »Wen haben Sie denn noch mitgebracht? Es wird schon schwer genug, die vierzehn Mann heil bis nach Konstantinopel zu bringen.«

Von Wesendonk warf ihm einen listigen Blick zu. »Die richtige Frage ist nicht, *wen* wir noch aus der Kaserne mitgebracht haben, vielmehr sollten Sie fragen, *was* Sie noch für uns in den Orient bringen sollen.«

Stern sah ihn nur an und wartete auf weitere Informationen. So kurz vor der Abreise zu dieser abenteuerlichen Reise ins Ungewisse, bei der ihrer aller Leben auf dem Spiel stand, war ihm nicht nach Scherzen zumute. Schließlich war er, Stern, ja für diesen ganzen Zirkus hier verantwortlich.

»Sie wissen ja, dass Ihr Zirkus in den letzten Tagen auf dem Gelände der Kavallerie-Telegrafen-Schule gastiert hat. Darum haben wir uns erlaubt, mit Ihrem Gepäck das gesamte Material für die Einrichtung einer drahtlosen Funkstation aufzugeben: Bambusstangen,

Kupferdrähte, Generatoren und sonstige Anlagen. Sagen Sie einfach, das wäre ihr Zirkuszelt, ich kann mir nicht vorstellen, dass die Rumänen etwas mit diesen Gegenständen anfangen können. Dazu haben wir Ihnen noch einen *Zirkusschlosser* und einen *Zirkuselektriker* mit in den Zug gesetzt, wie Sie die Herren bitte nennen wollen. Das sind zwei tüchtige Funker vom Telegrafen-Bataillon Nr. 1, die Aufbau und Betrieb der Anlage in Ostafrika durchführen werden.«

»Großartig, das heißt also, dass ich mitten im Krieg nicht nur gegnerische Soldaten, sondern dazu auch noch militärisches Gerät in einem französischen Zug durch Feindesland bringen soll?«

»Stellen Sie sich mal nicht so an, Stern. Immerhin wollten Sie doch einmal eigenhändig ganz England das Rückgrat brechen, da wird Ihnen das hier doch spielend gelingen.« Mit diesen Worten drückte ihm von Wesendonk noch drei weitere Pässe in die Hand.

»Das sind drei Pässe, aber Sie sprachen doch nur von zwei weiteren Reisenden.«

»Dann schauen Sie mal hinein!«

Zwei Pässe waren für die Funker, der dritte war auf seinen eigenen Namen ausgestellt. Es handelte sich um einen Kaiserpass, gewissermaßen die höchste Auszeichnung, die das Auswärtige Amt zu vergeben hatte. »Was ist das?«, fragte Stern.

»Ich freue mich, Ihnen sagen zu können, dass immerhin dieser eine Pass nicht gefälscht ist. Das sollte Sie doch froh machen, Stern.« Von Wesendonk klopfte ihm freundlich auf die Schulter, sie stiegen alle ein, schon ertönte der scharfe Pfiff des Schaffners, worauf sich der ganze Anhalter Bahnhof von der Decke her mit Dampf füllte und ihr Zug sich langsam in Bewegung setzte.

Nur drei der sechs Waggons des Zuges verkehrten überhaupt in Richtung Konstantinopel, was hieß: Diese Waggons fuhren nur bis zur Donau und dann wieder zurück. Die Truppe war, so gut es ging, auf diese drei Waggons verteilt. Bis zur ungarischen Grenze waren noch keine besonderen Probleme zu erwarten, so dass Schabinger von Schowingen und Stern die Mannschaft im Speisewagen in der Zugmitte versammelten. Auf Arabisch klärte Schabinger die Orientalen nun darüber auf, dass sie als Zirkustruppe durch Feindesland fahren würden und sie immer und unter allen Umständen das, genau das und nichts anderes zu sagen hätten, sonst fänden sie sich sehr bald in Gefangenschaft wieder und da die Ostfront näher war als der Westen, vermutlich in russischer Gefangenschaft, wo sie sicher scharf geschliffen und sich bald im Kampf gegen Deutschland an der Front wiederfinden würden.

Die Afrikaner schauten sie nur an und nickten immerzu. Stern fragte sich, ob sie begriffen hatten, dass sie offiziell keine Gefangenen des Deutschen Reiches mehr waren, aber nur weil sie sich mit ihnen auf diese lebensgefährliche Expedition begeben hatten. Hätte einer von ihnen die Weiterfahrt verweigert, wäre er wieder zu einem gewöhnlichen französischen Gefangenen gemacht worden. Es war aberwitzig. Aber die Muslime nickten Schabinger brav zu, der darum auch sehr zufrieden mit sich aussah.

Dann meldete sich einer der Männer, ein Hüne geradezu, mit einer Frage. Schabinger antwortete ihm knapp und in barschem Tonfall. Doch der Hüne ließ sich nicht abschrecken und fragte offenbar noch einmal und noch einmal. Schabinger von Schowingen wurde immer verärgerter, brach die Veranstaltung ab und schickte die Männer schließlich zurück in ihre Abteile.

»Was hat der Mann gewollt?«, fragte Stern den Dragoman.

»Er hat gefragt, ob er im Zirkus die Trommel spielen dürfe«, sagte Schabinger, immer noch verärgert.

»Hat er nicht verstanden, dass wir gar keinen wirklichen Zirkus vorstellen?«

»Ich habe versucht, es ihm zu erklären. Daraufhin hat er gesagt, er habe schon bei der französischen Armee so schön trommeln können. Was für ein Hornochse!« Nachdem das geklärt war, ging Schabinger zurück in den Schlafwaggon, während Stern seinen Zirkus in der Holzklasse aufsuchte.

GLÄSER

Allgemeine Electrizität

Mutter hatte ihm gleich bei Kriegsbeginn gesagt, er solle sich beim Militär melden, denn beim Kommiss, da gäbe es immer was zu essen und wenn Krieg ist, kann das Essen schnell knapp werden und ob die Nachfrage nach ihren Original-Föns von AEG weiterhin so anhalten werde, das sei in einem Krieg nun wirklich alles andere als sicher, darum solle er sich bei den Funkern melden, da würden doch sicher auch Elektriker gebraucht. Und als Elektriker würden sie ihn gewiss nicht gleich in der ersten Reihe zum Über-den-Haufen-Schießen aufstellen, sondern ihn immer schön weiter hinten seine Drähte zusammenbasteln lassen. Und wenn der Krieg dann in ein paar Wochen oder Monaten vorbei wäre, dann würden sie ihn bei der AEG doch auch wieder nehmen, so als Verdienten ums Vaterland.

So war seine Mutter nun einmal, sah ihn immer schon mit einem Bein in der *Palme*, dem Obdachlosenheim in der Prenzlauer, das seinen Namen von dem Palmentopf hatte, den die Betreiber vor die Haustür stellten, wenn es draußen nicht zu kalt dafür war. Na ja, weit wäre es nicht gewesen von ihrem Hinterhof in der Franseckystraße zum Obdachlosenheim herüber, nur ein paar Schritte. Jedenfalls lag das Obdachlosenasyl näher als die AEG in der Hussitenstraße. Im Prenzlauer Berg wohnte man einfach am falschen Ende der Welt, jeder Weg war weit, dafür waren die Wohnungen dunkel und im Winter eiskalt.

Darum hatte Gläser auch geschwindelt, als er damals bei der AEG anfangen wollte, und dem Vorarbeiter gesagt, er würde in Charlottenburg wohnen mit astreiner Schnellbahnanbindung. Auf den Trichter hatte ihn Seidel gebracht, ein alter Ruderkamerad der Familie, der schon lange bei AEG arbeitete. Wenn du sagst, dass du im Prenzlauer Berg wohnst, kommt das nicht nur bei den Madams schlecht an, bei der *Allgemeinen Electrizitäts Gesellschaft* hören sie das auch nicht gern, hatte Seidel gesagt. Denn die wollen ja, dass ihre Arbeiter immer hübsch pünktlich zur Schicht erscheinen. Und so ganz ohne Bahn war das ja nicht so einfach, da nahm man sogar lieber Leute aus den westlichen Vorstädten wie Schöneberg oder eben Charlottenburg. Denn die kamen gut in die Stadt. Im Prenzlauer Berg hatten sie zwar die Ringbahn, aber was nutzte es einem schon, wenn man immer hübsch um Berlin herumfahren konnte, aber nicht hineinfuhr. Aber wenn man pünktlich kam zur Schicht, war es schnuppe, wo man herkam.

Nun war es doppelt oder dreifach egal, denn immerhin hatten sie seit 1913 die Hochbahn in der Schönhauser und so schnell würden sie ihn bei der AEG auch nicht herausschmeißen, denn er machte eine ganze Menge für das wenige Geld, das sie ihm bezahlten, und drittens war er als Soldat sogar nach Treptow umgezogen, als er Elektriker beim Preußischen Telegrafen-Bataillon Nr. 1 geworden war. Sie wurden dort für den Betrieb eigener und die Störung feindlicher Telegrafen-Anlagen ausgebildet und Gläser musste ehrlich sagen, besonders schwer war das aus elektrischer Sicht nicht gerade. Die Funker mussten sich Gedanken über den Äther, seine Ausbreitung, die komplizierten Ätherwinde und deren Störungen machen. Gläser musste nur dafür sorgen, dass es Strom gab, der von Plus nach Minus fließen konnte, und wie das geht, das hatte er in den letzten Jahren nun wirklich gründlich gelernt.

Seidel meinte ja, als Arbeiter sollten sie überhaupt nicht beim Krieg mitmachen, beim Krieg würden sie immer nur verlieren, da würden Arbeiter auf Arbeiter schießen und die Fabrikbesitzer würden sich ins Fäustchen lachen. Aber Seidel war auch Gewerkschafter und seine Mutter sagte immer, er solle sich von Seidel fernhalten, der sei kein guter Einfluss. Na jedenfalls hatte Seidel eine Meinung. Gläser war mal mit ihm mitgegangen zu einer großen Versammlung in der »Neuen Welt«. Vor Versammlungsbeginn hieß es »Frauen und Lehrlinge müssen raus«, was er zumindest wegen der Madams sehr schade fand. Dann hatten vorn alle große Reden geschwungen, aber das hatte ihn weniger interessiert als das Freibier, das die Sozis ausschenkten. Ganz unrecht hatten sie ja vielleicht auch nicht mit ihren Reden. Er schuftete zwölf Stunden am Tag, dazu kam noch eine gute Stunde Fahrzeit. Dass die Hinterhofwohnung dunkel war, machte da fast schon nichts aus, weil er dort sowieso nie bei Tag war. Seidel hatte später zu ihm gesagt, die Versammlung sei historisch gewesen, weil sie noch einmal den Arbeiterkaiser selbst gesehen hätten.

Aber dass er nun in einem Zug in den Orient saß, hätte sich Mutter bestimmt auch wieder nicht träumen lassen. Eine Woche vorher war der Kommandant gekommen, hatte sie antreten lassen und dann Klemm und ihn nach Afrika abkommandiert. Zack, zack, so einfach war das beim Militär. In der Kleiderkammer hatten sie Tropenausrüstungen bekommen und die Instruktionen, wie und wo sie die Funkanlage in Afrika aufbauen sollten. Wegen der Geheimhaltung durfte er davon sowieso nicht schreiben, aber Mutter hätte es ihm auch kaum geglaubt, dass er vom kleinen Hinterhof in der Franseckystraße nun als Zirkuselektriker direkt in den Orient hinüberfuhr. Was man sich unter einem Zirkuselektriker vorzustellen hatte, sollte er sich selbst ausmalen, hatte dieser Stern ihm geraten, der mit seinem Übersetzer alle Hände voll damit zu tun hatte, den Orientalen überhaupt zu erklären, was ein Zirkus war. Ein moderner Zirkus sei doch heutzutage beleuchtet mit roten, grünen und blauen Glühbirnen und einem prächtigen Schild und ständig müsste auch jemand die Glühbirnen wechseln. So hatte Gläser sich gedacht, dass er als Zirkuselektriker für die Innen- und Außenbeleuchtung des Zeltes und für den Strom im Kassenhäuschen zuständig war. Denn wenn die Birnen auf Reihe geschaltet waren, fiel ja immer gleich die ganze Kette aus, wenn eine Glühbirne durchbrannte. Hoffentlich fragte ihn keiner.

Was Funker Klemm von der ganzen Sache hielt, war nicht wirklich aus ihm herauszukriegen, er war ein echter Niederlausitzer aus Peitz, kaute meistens auf seinem Priem herum und nahm die Dinge so, wie sie kamen. Klemm hätte man auch zum Mond abkommandieren können, dann würde der genau so in der Rakete sitzen wie jetzt hier im Zug. Der Einzige, mit dem man reden konnte, wäre theoretisch Stern gewesen, der gewissermaßen den Expeditionsleiter gab, ihr Zirkusdirektor, ein zugänglicher Mensch, der ganz im Gegensatz zum Freiherrn in seinem Schlafwagen da vorn überhaupt nichts auf diesen ganzen Offiziersdünkel hielt. Aber Stern war eben die ganze Zeit über so damit beschäftigt, die Orientalen zu betreuen, mit dem Zugpersonal über ihre Sitzplätze zu verhandeln, die Pässe für die nächste Überprüfung bereitzuhalten und den Kontakt zu ihrem Kommandanten in der 1. Klasse zu halten, dass er kaum einmal fünf Minuten zum Sitzen kam. Also konnte man auch mit ihm nicht reden.

So saß Gläser gegenüber von Funker Klemm und

schwieg manchmal, meistens aber erzählte er ihm von seinem Leben, seiner Arbeit bei der AEG, seiner Mutter und seiner Liebsten und schönen Ausflügen nach Müggelsee und versuchte einfach, sich nichts daraus zu machen, dass Klemm nichts weiter tat, als ab und an einen unbestimmbaren Laut von sich zu geben, der sowohl Zustimmung als auch Ablehnung hätte bedeuten können, was vielleicht in Peitz ein und dasselbe war.

STERN

Brigittenau

Wien war Wien und natürlich wurden sie in Wien genauestens kontrolliert. Wer die Kakanier und ihre Liebe zur exakten Ausführung aller vorgeschriebenen Formalitäten kannte, konnte sich über den Weltruf der Preußen als Pedanten nur wundern. Stern fand sich mit allen Papieren in der warm geheizten Wachstube im Wiener Nordwestbahnhof wieder.

»Herr Stern«, sagte der Diensthabende energisch. »Was ist der Zweck Ihrer Reise?«

»Wie ich Ihnen schon sagte, Herr Hauptmann«, seufzte Stern, »bringe ich meinen Zirkus nach Konstantinopel.«

»Ich kann mir das nur schwerlich vorstellen«, sagte der Diensthabende nun schon zum fünften Mal. »Warum siebzehn Männer im besten Alter mitten im Krieg als Zirkus durch die Lande fahren. Was sagt denn die deutsche Regierung dazu? Schließlich weisen Sie sich mit einem Kaiserpass aus, ich darf also davon ausgehen, dass Sie über beste Beziehungen verfügen.«

Der Kaiserpass beeindruckte ihn. Stern sah ein, dass er dem Österreicher irgendwas geben musste. Dennoch musste er achtsam sein, nicht zu viel preiszugeben, schließlich war Wien gewissermaßen die Nordspitze des Balkans und auf dem Balkan reisten Gerüchte schneller als jeder Expresszug. »Hören Sie, Herr Hauptmann«, sagte er darum in einem vertraulichen Tonfall. »Sie wissen, welche Farbe die Hand hatte, die die Junischüsse abgab?«

»Wie meinen?« Hauptmann Sagner brauchte ein paar Augenblicke, bevor er den Mund wieder zuklappen konnte.

»Ah! Das dachte ich mir«, sagte Stern bewundernd. »Sie sind von der ganz schnellen Truppe. Sie lassen sich nicht aus der Deckung locken, spielen den Ahnungslosen. Wie kommt es, dass ein Mann mit Ihren Fähigkeiten hier auf dem Bahnhof seinen Dienst tut?«

»Ich habe gute Beziehungen zum Stab«, sagte der Hauptmann unbedacht. Natürlich war es wesentlich angenehmer, in Wien-Brigittenau seinen Dienst zu versehen und sich abends zu Hause Würstel servieren zu lassen, als mit dem Heer durch Galizien zu marschieren.

Aber das war es nicht, worauf Stern es abgesehen hatte: »Verstehe«, sagte er verschwörerisch. »Sie sind hier an einer größeren Sache und der Stab hat Sie extra auf diesen wichtigen Posten gesetzt. Scheinbar nur ein

Bahnhof in der Hauptstadt, aber eigentlich werden hier die ganz großen Räder gedreht, was? Na, von mir erfährt niemand etwas. Wir sind gewissermaßen in gleicher Mission abgestellt. Ich bringe die Bosniaken nach Konstantinopel, um … na, das muss ich Ihnen nicht ausbuchstabieren … und Sie haben hier diesen anderen wichtigen Auftrag zu erfüllen.«

»Äh ja – genau«, bestätigte der deutlich konsternierte Offizier. Er hatte wenig Neigung, sich gegenüber dem Deutschen als unbedeutender, ahnungsloser Drückeberger hinzustellen.

»Dann sind wir uns einig, Herr Hauptmann?«, fragte Stern nun in kollegialem Ton.

»Natürlich, ganz und gar.«

»Wunderbar. Ich werde die Augen offen halten und mich persönlich bei Ihnen melden, sobald mir auf der Strecke etwas Ungewöhnliches auffällt.« Zwar hätten weder Stern noch der diensthabende Bahnhofswächter gewusst, was das für eine Angelegenheit sein sollte, wegen derer sich Stern im Wiener Nordwestbahnhof melden würde, aber es klang so schön konspirativ.

»Jawohl, so machen wir es«, entschied der Hauptmann und händigte Stern die Pässe aus.

Auf dem Rückweg zum Zug fühlte Stern sich sehr beklommen. Sicher hatte er diesen Kakanier gerade foppen können, aber dabei war es nur darum gegangen, durch die Kontrollen der eng verbündeten Österreicher zu kommen, ohne etwas von ihrer Mission zu verraten. Wie würde es nur erst zugehen, wenn sie nach Predeal an der rumänischen Karpatengrenze kamen? Ein paar Kilometer südlich von Kronstadt endete alle Mittelmacht, dann müssten sie es mit den Rumänen aufnehmen, ach was, dann müsste er allein es mit den Rumänen aufnehmen. Denn von dem vornehmen Freiherrn vorn in seinem Schlafwagen brauchte er keine Hilfe zu erwarten und für seine Zirkustruppe waren die Unterschiede zwischen Rumänen, Franzosen und Deutschen nicht viel größer, als er sie zwischen Tunesiern und Marokkanern erkennen konnte.

Der österreichische Hauptmann hatte offenbar, wie das im Balkan üblich war, sofort per Funk allen möglichen Posten entlang der Strecke gegenüber Andeutungen gemacht, sodass der Zirkus von den Ungarn sehr lax kontrolliert und Stern mit verschwörerischen Gesten bedacht wurde. Die Offiziere versuchten sogar hilfreich zu sein, aber alle warnten vor Predeal. Schabinger von Schowingen, die Funker und die Afrikaner freuten sich über die gute Behandlung, aber Stern wurde es immer banger ums Herz. Denn wenn der brave Wiener Hauptmann dafür gesorgt hatte, dass alle Österreicher entlang der Strecke Bescheid wussten, wieso sollten dann die Ungarn, Siebenbürger Sachsen, Russisch-Lipowaner, Serben, Türken oder wer sonst noch in den K.-u.-k.-Uniformen steckte, nicht auch bereits Bescheid wissen, ganz zu schweigen von den rumänischen Rumänen.

TASSAOUT

Ougadougou

Wie eine Gruppe streitender Kinder kamen sie ihm manchmal vor, ihre Abordnung von Männern aus dem Maghreb. Obwohl sie nur vierzehn Männer waren, bildeten sie doch viele Untergruppen, die einander kaum verstehen konnten.

Außer ihm war nur noch sein Freund Aderfit ein Tamazingh aus Marokko. Auch wenn Aderfit schon lange in der Stadt gelebt hatte, so konnten sie einander doch problemlos verstehen. Auch Walid, Mehdi und Lounis kamen aus Marokko. Aber zumindest Tassaout konnte ihren Dialekt kaum verstehen und sie machten auch deutlich, dass sie mit dem Rest ihrer Gruppe nichts zu tun haben wollten. Als echte Araber hielten sie die Tamazingh, Tamashek, Kabylen und erst recht die Gnawa für schmutzige Ungläubige. Wären nicht auch sie auf Aderfits Sprachkenntnisse angewiesen gewesen, die drei Männer hätten sich wahrscheinlich sogar woanders hingesetzt.

Krim, Mouloud und Zinedine waren stolze Kabylen aus Tizi Ouzou, die sich geradezu freuten, dass die Araber nicht mit ihnen sprechen wollten. Rissa und Zodi waren Tamasheq aus dem Ahaggar. Dazu kamen noch Bilal, Moulay, Abderrahim und Maleem, sie waren Gnawa, die eigentlich auch aus Merrakec kamen, aber von sich selbst sagten, aus Ougadougou zu stammen, obwohl Aderfit einmal Tassaout erzählt hatte, dieses Reich gäbe es nicht mehr, es wäre nicht mehr als das, was die Araber *sarab* nannten, ein Spiegelbild in der heißen Wüste, nichts als ein Traum von einer Heimat für die Gnawa, die sich weder im Maghreb zu Hause fühlten, noch eine andere Heimat hatten, in die sie hätten zurückkehren können. Das echte Ougadougou sei heute nur noch eine Stadt in Niger.

Es war kaum zu glauben, dass die Deutschen sie für eine Gruppe hielten, dachte Tassaout. Ihre Verständigung untereinander war äußerst kompliziert. Die Gnawa sprachen immerhin das Arabisch, was auch Aderfit und Tassaout verstehen konnten. Dafür sprach von den Arabern nur Lounis so, dass auch Aderfit ihn verstehen konnte. Rissa verstand Tamazight so wie Zinedine, dafür sprachen die Kabylen und Tamashek kein Arabisch. Aber dass sie einander alle nicht verstehen konnten, führte nicht dazu, dass sie insgesamt weniger sprachen, es kam Tassaout im Gegenteil eher so vor, als würden sie alle immer gleichzeitig reden. Vereint waren sie nur in ihrer Hoffnung, nach Hause zurückkehren zu können, die verdammte Kälte, Dunkelheit und den Regen Europas und natürlich auch die verfluchten Uniformen und Stiefel für immer verlassen zu können. Nur ob sich dieser Traum für sie alle als ein Ougadougou herausstellen würde, konnte keiner von ihnen wissen.

Jedenfalls reisten sie hier in Freiheit und Bequemlichkeit durch ganz Europa, um den Sultan, den Führer aller Rechtgläubigen, in Konstantinopel zu hören, wie ihnen Aderfit erklärt hatte. Vor allem für Bilal war das alles viel zu kompliziert, zu viel Information. Wenn ihn jemand fragte, sollte er sagen, Teil eines Zirkus zu sein, obwohl er, wie sie alle, niemals einen Zirkus gesehen, geschweige denn besucht hatte. Herr Stern und Aderfit hatten es ungefähr so erklärt, dass Feuerspucker und Kunstreiter ihre Künste vorführten wie auf einem Basar, aber weil es in Europa immer so kalt und nass war, machte man das in einem riesigen Zelt. Darum hatte Bilal auch den Dragoman gefragt, ob er die Trommel spielen dürfe, weil ihm das Freude machte. Aber der Dragoman war nur wütend geworden. Der Grund dafür, dass sie alle hier zum Sultan fuhren, war, dass sie Rechtgläubige waren, bereit, für die Sache aller Rechtgläubigen einzustehen. Das war für Bilal noch verwirrender als die Frage, was ein Zirkus war. Denn die Rechtgläubigen, so wie er das kannte, waren doch in der Zeit seines Lebens immer die anderen, die Araber gewesen. Warum er für die Deutschen nun plötzlich auf der anderen Seite stand, das war für Bilal nicht zu fassen.

In seiner Kindheit war Tassaout von den alten Lehrern unterwiesen worden. Sie hatten ihm alles gezeigt, was es zu wissen gab. Wie man erkannte, dass eine Stute schwanger war, wo man Getreide pflanzte und wie man es erntete, wie man rechnete. Dadurch wusste er viel, aber Bilal und die anderen Gnawa waren nie unterwiesen worden, vermutlich hatten sie bei der Arbeit geholfen, sobald sie alt genug dafür waren. Es war kein Wunder, dass Bilal die komplizierten Spiele des Herrn Stern nicht verstehen konnte.

»Und doch müssen wir alle mitspielen, mein Bruder«, sagte Aderfit zu ihm.

»Warum sagst du das?« Sie sprachen Tamazight, so konnte sie keiner verstehen.

»Entweder kommen wir alle zu den Türken oder keiner von uns kommt dort hin. Achte du auf die Gnawa, ich achte auf die Araber.«

»Wie soll ich auf die Gnawa achten?«, fragte Tassaout.

»Das weiß ich auch nicht. Hauptsache, sie sind zufrieden und kommen nicht auf dumme Gedanken.«

»Was für Gedanken?«

Aderfit schaute aus dem Zugfenster, an dem schon seit Stunden, seit Tagen bewaldete Gebirgslandschaften vorbeizogen. Die dunklen, verschneiten Wälder standen bis weit oben in die Berge hinauf, während der Zug mal links, mal rechts einen kleinen Fluss zu seiner Seite hatte. Sicher wohnten viele wilde Tiere in diesen Wäldern.

»Vielleicht denkt einer von ihnen an Flucht, wir stehen lange auf jedem Bahnhof und die Soldaten schauen uns jedes Mal streng an. Aber sie brauchen nicht an Flucht zu denken. Jeder von uns fällt hier auf wie ein weißes Maultier. Nicht einer von uns kennt die Sprache dieser Menschen, nicht einer von uns könnte sich hier bei Freunden verstecken oder auch nur etwas zu essen bekommen. Und was die, die uns dann gefangen nehmen, mit uns machen, weiß ich nicht. Ich bin mir aber sicher, dass sie uns nicht in eine Eisenbahn setzen und uns drei Mahlzeiten am Tag geben werden.«

»Das ist mir klar, mein Bruder«, versuchte Tassaout ihn zu beruhigen.

»Ich hoffe nur, dass das auch allen anderen klar ist: Entweder wir alle oder keiner.«

STERN

Estrella

Es war früher Abend, als ihr Zug in den Bahnhof von Predeal, dem Grenzbahnhof auf rumänischer Seite, hineinfuhr. Der Bahnhofskommandant hob Einhalt gebietend die Hand. Denn auch wenn der Zug ohnehin zum Stehen gekommen wäre, ging es Oberleutnant Burlan bei der Geste darum, die Hoheitlichkeit festzulegen. Der ganze Zug gehörte nun ihm, dem Kommandeur, bis es ihm gefiel, ihn wieder freizugeben, das war es, was die gebieterische Hand sagte.

Sie mussten alle aussteigen. Schabinger von Schowingen saß bald wieder in seinem Schlafwagen. Reisende in der Schlafwagenklasse wurden selten strengen Kontrollen unterzogen. Schabinger war so besonders geschützt und notfalls würde er allein dem Sultan von Konstantinopel die Grüße des Kaisers überbringen. Aber auf Stern und seinen Zirkus guckten die rumänischen Soldaten unter ihren Mützen, die aussahen, als hätte man die heimatlichen Kaffeewärmer mit Mützenschirmen versehen, so herab, als wollten sie die ganze Truppe am liebsten gleich zu *sarmale*, den berühmten rumänischen Krautwickeln, verarbeiten.

»Wer von Ihnen ist für die Gruppe verantwortlich?«, fragte der Bahnhofskommandant in bestem Französisch. Sicher konnte er auch Deutsch, aber wahrscheinlich hätte er sich eher die Zunge abschneiden lassen, als mit ihnen ein Wort Deutsch zu sprechen.

»Das wäre ich, Herr Oberleutnant«, meldete sich Stern ebenfalls auf Französisch.

»Dann geben Sie mir die Papiere!«

Stern händigte ihm die siebzehn Pässe aus.

»Und was wollen Sie vorstellen?«

»Wie bitte?«, fragte Stern, als ob er nicht verstanden hätte. Er hatte ihn natürlich nur allzu genau verstanden, so genau sogar, dass er nicht auf das *representer* einging, was bei genauer Betrachtung den Kern dessen traf, was sie hier zu figurieren versuchten.

»Ich frage Sie, Herr ... Stern, worin die Absicht Ihrer Gruppe liegt.« Die Geduld des Oberleutnants besserte sich nicht.

»Wir wollen nach Konstantinopel«, sagte Stern und zeigte wie ein unbeholfener Trottel ihre Billetts vor.

»Und was ist der Zweck Ihres Aufenthalts in Konstantinopel?«

»Wir sind ein Zirkus«, sagte Stern. »*Estrella.* Sie verstehen schon, wegen meinem Namen. Sicher haben Sie schon von uns gehört?«

»Sicher nicht«, sagte der Oberleutnant bestimmt. »Was für ein Zirkus wollen Sie sein?«

»Vor allem präsentieren wir Reitkunststücke aus dem Orient. Sie sollten die Männer sehen, sie springen, fliegen, laufen, reiten neben, mit, auf und sogar unter den Pferden.«

Burlan tat so, als würde er sich suchend umsehen. »Von welchen Pferden sprechen Sie?«

»Von denen, die uns in Berlin konfisziert worden sind. Deswegen sind wir ja unterwegs nach Konstantinopel. Wir wollen uns bei den Türken neue Pferde kaufen.«

»Aber das sind doch selbst Türken«, sagte der Rumäne. »Sie wollen doch heerespflichtige Soldaten ins Osmanische Reich bringen, damit diese dann gegen die Freunde unseres rumänischen Königs kämpfen können.«

»Herr Oberleutnant«, rief Stern überrascht aus. »Das sind doch keine Türken! Wo haben Sie denn schon solche Türken gesehen? Meine Zirkustruppe besteht aus Sarazenen, Marokkanern, Afrikanern. Wenn die überhaupt in einer Armee kämpfen könnten, dann doch höchsten mit den Franzosen, auf der Seite Ihres hochverehrten Königs. Abgesehen davon, dass sich Ihr Land ja gar nicht im Krieg befindet«, erinnerte ihn Stern.

»Im Moment noch nicht«, knurrte der Oberleutnant. »Und warum haben Sie Deutschland verlassen? Müssten Sie nicht selbst in einer Uniform in Flandern stecken?«

Natürlich hatte Stern auch mit dieser Frage gerechnet.

»Herr Oberleutnant, ich bin vom Dienst befreit. Ich habe so ausgeprägte Krampfadern, dass ich für eine militärische Verwendung nicht infrage komme.« Stern zog seine Hosenbeine hoch. Er wusste zwar nicht ganz genau, was Krampfadern waren oder wie sie aussahen, aber er setzte darauf, dass der Oberleutnant es auch nicht wusste.

»Schon gut«, winkte der angewidert ab. »Und also fahren Sie mit einem Zirkus spazieren?«

»Nicht spazieren. Wir brauchen Pferde, dann können wir endlich wieder Geld verdienen. Haben Sie Pferde hier, Herr Oberleutnant?« Stern sah sich suchend auf dem Bahnhofsgelände um. »Dann könnten Ihnen die Männer eine *Fantasia* vorführen, wie Sie sie Ihren Lebtag noch nicht gesehen haben.« Das war gewagt. Stern wusste nicht einmal, ob überhaupt ein einziger der Männer reiten konnte.

Oberleutnant Burlan schaute ihm tief in die Augen und ließ seinen Blick über den wilden Haufen Orientalen streifen, die dort am Bahnsteig standen. Man konnte hören, dass hinten im Stall ein paar Pferde standen und da sich die Rumänen auf diese Dinge verstanden, war davon auszugehen, dass es anständige Pferde waren. Stern konnte sich gut vorstellen, welche Gedanken dem Kommandanten durch den Kopf gingen. Würde er die Tarnung dieser Exoten auffliegen lassen oder sollte er sich von dieser komischen Truppe ein gutes Dutzend Pferde stehlen lassen? Was wäre die größere Blamage:

ein paar kapriziös getarnte Agenten passieren zu lassen, aus einem Land, mit dem Rumänien formal noch nicht im Krieg stand, oder sich von einem bunten Haufen Zirkusartisten über den Tisch ziehen zu lassen?

»Wissen Sie was?«, sagte der Oberleutnant schließlich. »Ich werde einen Ihrer Pässe in Bukarest prüfen lassen. Wenn alles damit in Ordnung ist, wird er Ihnen in Giurgiu wieder ausgehändigt. Wenn nicht, werden Sie und Ihr ganzer Zirkus eine ganze Weile in Rumänien gastieren, wenn Sie verstehen.«

»Natürlich, Herr Kommandant«, sagte Stern und knallte die Hacken zusammen.

»Sie müssen sowieso noch zum Herrn Zolldirektor Kadltschak und sehen, ob der Sie passieren lässt.« Der Oberleutnant zog einen Pass aus dem Stapel und händigte Stern die anderen aus. Zum Glück, so bemerkte Stern mit einem verstohlenen Blick auf dem Weg zum Gepäckwaggon, war nicht sein Kaiserpass betroffen, der zwar nicht gefälscht war und insofern jeder Überprüfung standgehalten hätte, dafür war dieser Pass aber auch am wertvollsten und Stern war froh, ihn wieder in seiner Hand zu halten.

Doch ihre Prüfung in Predeal war noch nicht zu Ende. Der Zolldirektor stand schon mit ernster Miene bei ihrem Gepäck. Als Stern mit seinen sechzehn Pässen in der Hand zu ihm kam, musterte er ihn zunächst mit einem verächtlichen Blick. Zolldirektor Kadltschak war ein hochgewachsener, schlanker Mann mit einem bleistiftdünnen Schnurrbart, dem die Uniform auf den Leib geschneidert zu sein schien. Er hätte sicher einen besseren Zirkusdirektor vorgestellt, als der immer etwas unsorgfältige und schelmische Stern. Mit leichtem Ekel nahm Kadltschak die Pässe, schaute dabei aber Stern nicht an, sondern ließ seinen Blick zu Sterns großem Kummer beständig auf dem Gepäck ruhen.

»Was wollen Sie denn in solchen Zeiten mit einem Zirkus in der Türkei?«, fragte der Zolldirektor.

»Schauen Sie, Herr Direktor. Meine Artisten kommen aus dem Maghreb. Und Sie sagen ja vollkommen richtig, dass in solchen Zeiten wenig Nachfrage nach Zirkussen herrscht. Das ganze Geld geht drauf für Uniformen, Frontpakete und Beisetzungen. Da bleibt kein Geld für die Kunst. Darum habe ich beschlossen, die Männer in die Heimat zurückzubringen.«

»Ihre Männer sind im wehrfähigen Alter. Sie werden sie wohl kaum aus dem Osmanischen Reich in französische Hoheitsgebiete bringen können!«

»Darüber hatte ich auch schon nachgedacht, Herr Direktor«, sagte Stern. »Aber wissen Sie, die Männer sind alle Mohammedaner und da werden sie doch eher in der Türkei ihr Fortkommen finden als in Europa in solchen Zeiten.«

»Und was ist mit Ihnen? Sie sind ja wohl kein Mohammedaner.« Kadltaschak schaute ihn streng von oben herab an.

»Nein, Herr Direktor.« Tatsächlich waren drei verschiedene Konfessionen in Sterns Familie vorhanden, aber der Islam war keine davon. Im Zweifel, da konnte er sicher sein, das hatte ihm schon sein Vater eingeschärft, hielt man einen Mann namens Stern in Europa ohnehin immer für einen Juden. »Über mich und mein Schicksal möchte ich gar nicht erst nachdenken. Ich habe ja in den letzten Wochen durch die Beschlagnahmungen sehr viel Geld verloren. Die Pferde weg, meine besten Artisten im Heer ... Wenn ich mal diese Männer in der Türkei habe, werde ich erst die Zeit finden, mich meinen eigenen Belangen zuzuwenden.«

»Ihr Zelt haben sie Ihnen aber nicht beschlagnahmt«, stellte Kadltschak scheinbar gleichgültig fest.

»Nein, Gott sei Dank«, sagte Stern. »Aber so ein Zirkuszelt hat ja zu meinem Glück keinen militärischen Wert. Die Armee braucht keine Zelte, in denen die Pferde ausreiten können, darum haben sie mir das gelassen.«

»Und da haben Sie es mitgenommen?«

»Natürlich, Herr Direktor.« Stern fürchtete, sein Herz würde in den nächsten Augenblicken zerspringen. Er konnte es im Hals schlagen spüren. »Wenn wir kein Quartier dort finden, können wir immer noch in unserem Zelt nächtigen. Schließlich sind wir als Zirkusleute keinen Luxus belgischer Badeorte gewohnt, sondern sind vor allem Künstler der Genügsamkeit.«

»Aber eine interessante Apparatur ist Ihr Zelt dennoch«, sagte der Zolldirektor. »Sehr viele Drähte.« Er umkreiste ihn wie ein sattes Raubtier eine leichte Beute, unschlüssig, ob die zusätzliche Beute den leichten Aufwand lohnte.

»Das ist etwas ganz Modernes, habe ich noch zu besseren Zeiten erworben. Die elektrische Apparatur erleichtert den Aufbau ganz enorm, können Sie sich vorstellen. Soll ich Ihnen unseren Zirkuselektriker kommen lassen?«

»Wissen Sie«, sagte Kadltschak plötzlich, »eigentlich sollte ich Sie und Ihre ganze Truppe unter Quarantäne stellen lassen. Wer weiß, was Sie und Ihre Orientalen uns für Krankheiten einschleppen. Dann hätten wir auch die Zeit, Ihr Gepäck und Ihre Pässe einer gründlichen Kontrolle zu unterziehen.«

Jetzt ist es vorbei, aus und vorbei, dachte Stern. Wenn sie hier unter Quarantäne gestellt wurden, konnte Schabinger von Schowingen beim Sultan seine Grußadresse verlesen und gleichzeitig die Inhaftierung des ganzen Rests der Truppe bis zum Sankt Nimmerleinstag an das Auswärtige Amt melden. »Aber Herr Direktor«, sagte er, äußerlich gefasst, »warum sollten Sie das tun? Wir sind doch alle ganz gesund. Und der Herr Oberleutnant lässt unsere Pässe sowieso schon prüfen. Und denken Sie doch an die gute Freundschaft Ihres seligen Königs Karl und unseres Wilhelm.«

»Unser König Ferdinand ist kein besonderer Freund des Kaisers«, sagte der Zolldirektor.

»Na, sie werden sich schon einig werden«, schlug

Stern vor. »Am Ende bleibt es ja doch in der Familie, schließlich ist Ihr Ferdinand der Neffe des seligen Karls, den wiederum unser Kaiser schließlich oft auf Schloss Pellesch besuchte.« Es zahlte sich wieder einmal aus für Stern, dass er von Studienrat Reinhardt auf dem Frankfurter Goethe-Gymnasium fortwährend mit Geschichte traktiert worden war.

Eine Zeit lang sagte niemand etwas. Sterns Artisten glotzten auf die beiden Männer, der ganze Zug glotzte auf ihre Aufführung. Schabinger von Schowingen beobachtete möglichst unauffällig wie ein Unbeteiligter aus seinem Schlafwagenfenster, was sich auf dem Bahnsteig abspielte. Zolldirektor Kadltschak wechselte urplötzlich ins Deutsche, wobei seine Worte im Bahnhof genauso zischten wie die schon wieder unter leichtem Dampf stehende Lokomotive ihres Zuges. Er beugte sich zu Stern hinunter, damit dieser ihn genau, alle anderen aber nicht verstehen würden. »Wenn Sie nach Berlin berichten, sagen Sie denen, sie seien durch Sie ausgezeichnet bedient – aber ich verstünde mich *auch* auf drahtlose Telegrafie!«

Danach nahm der Zolldirektor wieder seine gerade Haltung an und machte eine verächtliche Geste, die bedeutete, dass er keine Einwände gegen eine Weiterfahrt des Zuges geltend mache, dass dies aber nur zum Teil an der Unbedenklichkeit der Zuggäste liege und vielleicht sogar zum größeren Teil daran, dass ihm der Anblick dieser Subjekte solche Übelkeit verursache, dass deren

Weiterfahrt ihm allein schon aus Gründen privater Hygiene notwendig erscheine.

Fortuna war auf ihrer Seite – anders ließ es sich jedenfalls nicht erklären, wie es ihnen gelang, dass sie in einem französischen Zug unbeschadet durch ein Land fuhren, das sich vermutlich schon in den kommenden Tagen mit den Franzosen gegen die Deutschen verbünden würde. Lediglich eine Fahrt durch Serbien wäre noch riskanter gewesen, vermutlich hätte man sie dort ohne jede Vorwarnung und viele Fragen alle Mann gleich aufgeknüpft. Doch auch in Rumänien war die Stimmung überaus deutschlandfeindlich. Die Zeitungen, die sie auf den Bahnhöfen kaufen konnten, waren voll von Hetze gegen die Kaiser und Berichten angeblicher Kriegsverbrechen der Mittelmächte. Immerhin die Herren Journalisten waren offenbar schon unterrichtet, in welche Richtung sich alles bald entscheiden würde.

SCHABINGER

Elvetia

Freiherr Schabinger von Schowingen hatte Mühe gehabt, seine Contenance zu wahren, während er möglichst unauffällig beobachtete, wie zwischen einem rumänischen Oberleutnant und einem jüdischen Leutnant möglicherweise über das Schicksal des Deutschen Reiches verhandelt wurde. Der große Vorteil seines Schlafwagenbilletts war neben der größeren Bequemlichkeit auch jener der geringeren Kontrollen. Offensichtlich ging man nicht davon aus, dass in einer so vornehmen Wagenklasse Menschen mit niederen Motiven reisten. Da ging es bei Stern und seiner bunten Truppe schon ganz anders zu. Aber das war nicht zu vermeiden gewesen, niemand hätte ihnen abgenommen, dass sie achtzehn Diplomaten wären, da sie kaum über Sprachkenntnisse verfügten, was in jedem Land auf Gottes weiter Erde Voraussetzung für den auswärtigen Dienst war. Das und eine vornehme Herkunft, beides hätte man dem wilden Haufen, mit dem sie reisten, niemals abgenommen.

So wenig Schabinger Stern traute, so wenig Veranlassung hatte er, sein Abteil zu verlassen, um seinem Untergebenen zu Hilfe zu springen. Das hier war der letzte Zug, der sie noch rechtzeitig nach Konstantinopel bringen würde, und wenn sie hier die Muslime festsetzen, verhaften oder gar erschießen würden, dann würde es doch wenigstens noch er, Legationsrat Freiherr Schabinger von Schowingen, nach Konstantinopel schaffen, um vom Ruhm des Reiches und der ewigen Unterstützung des Kaisers für die Muslime der Welt berichten zu können. Welchen Sinn hatte allerdings ein vom Reich erdachter und finanzierter Aufstand, wenn kein einziger Vertreter Deutschlands bei dessen Proklamation anwesend wäre? Wenn man ein solches Feuer entfachte, wollte man doch sicherstellen, dass es sich nicht gegen seinen Verursacher wandte. Zumindest Schabinger musste es nach Konstantinopel schaffen, koste es, was es wolle.

Er schnaufte also deshalb fast ebenso kräftig durch wie die Eisenbahn, als ihr Zug den Bahnhof von Predeal mit dem gesamten Zirkus in Richtung Bukarest verließ. Es wäre schon ein größerer Erfolg, wenn er mit der gesamten Delegation anreisen könnte. Doch zu seiner Überraschung klopfte kurz darauf der Schlafwagenschaffner an seine Abteiltür.

»Was gibt es?«, fragte Schabinger. Nicht dass noch einer von diesen rumänischen Grenzern für weitergehende Ermittlungen den Zug bestiegen hatte.

»Da sind drei Herren, die Sie sprechen wollen, Freiherr«, sagte der Schaffner, und Schabinger dachte: »Drei. Oh je!«

»Was wollen die Herren?«, fragte er den Schaffner, um Ruhe ringend.

»Das kann ich Ihnen nicht sagen.«

»Was sagen Sie da? Ist es eine Geheimdelegation?«

»Nein. Ich kann nur kein Wort verstehen, das diese Männer reden.«

Der Freiherr erhob sich nun und blickte aus seiner Abteiltür den Gang hinunter. Da standen drei der Mohammedaner aus seiner Zirkustruppe.

»Sind Sie zu sprechen?«, fragte der Schaffner, dessen Blick zwischen den dunklen Gestalten und dem Freiherr hin und her ging.

Diese Trottel könnten die ganze Mission auffliegen lassen, Schabinger musste sich schnell etwas einfallen lassen. »Ich habe keine Ahnung, was die Männer wollen. Aber vielleicht hat sich mein Ruf als Dragoman derart verbreitet, dass diese Menschen mich kennen? Ich lasse bitten.« Mit diesen Worten öffnete er die Tür zu seinem Abteil und der Schaffner gab den drei Arabern ein Zeichen, dass sie eintreten konnten.

»Was wollt Ihr hier?«, fragte Schabinger die Männer auf Arabisch und gab sich Mühe, seine Wut über deren Verhalten so weit zu kontrollieren, dass niemandem der anderen Fahrgäste oder dem Schaffner etwas auffiel. Es war schon verdächtig und schlimm genug, dass diese Männer bei ihm im Abteil standen, er wollte nicht noch weiteres Aufsehen erregen. Nein, er musste dieses Gespräch schnell und sachlich zu einem Ende bringen, diesen Männern klarmachen, dass sie ihre Plätze wieder einnehmen mussten, sich überhaupt ihres Platzes bewusst zu werden hatten, nicht nur in diesem Zug.

»Said, wir müssen Sie sprechen«, sagte der Mann in der Mitte. »Sie sind ein kluger Mann, Sie können uns verstehen.« Er war ein junger Mann mit stolzen Zügen, scharf blitzenden braunen Augen und hohen Wangenknochen. Sein Auftreten und seine gute Sprache wiesen ihn als Mann aus gutem Hause aus. Doch hier war nicht der Ort für Schabinger, andere Menschen kennenzulernen.

»Was gibt es? Wir sollten nur kurz sprechen, wenn wir nicht alle noch heute Nacht im Gefängnis landen wollen. Euer Vorsprechen bei mir gefährdet unsere Mission.« Vor allem die beiden Männer, die nicht sprachen, schienen davon beeindruckt.

»Es ist wegen der Mission, dass wir zu Ihnen kommen, Said. Wir haben doch richtig verstanden, dass wir zu einer großen Versammlung von Rechtgläubigen in Konstantinopel fahren?«

Schabinger schaute sich ängstlich um. »Seid Ihr verrückt geworden? Wände können Ohren haben.«

»Aber wir machen uns große Sorgen und wollen Ihnen helfen.«

»Wenn Ihr mir helfen wolltet, wäret Ihr auf Euren Plätzen geblieben«, sagte Schabinger bestimmt, weiterhin bemüht, seine Stimme nicht laut werden zu lassen.

»Aber was, wenn unsere Mission fehlschlägt? Denn wir wissen nicht, ob Sie es wissen, dieser Stern jedenfalls versteht es nicht, aber nur Walid, Mehdi und ich selbst sind Rechtgläubige. Die anderen sind Gnawa und Berber, keiner von denen ist eigentlich rechtgläubig. Was wird der Sultan denken?«

Diese Trottel glaubten, dass es den Sultan jucken könnte, wenn einer von ihnen kein Hafiz wäre, also einer, der den gesamten Koran auswendig rezitieren kann. Alles, was den Sultan in ihren Verhandlungen interessiert hatte, war die Goldmenge, die er für seine Proklamation erhalten würde.

»Hört zu! Geht jetzt sofort wieder auf eure Plätze«, sagte Schabinger entschieden. »Ich danke euch sehr für eure Hilfe. Sobald wir in Konstantinopel sind, werde ich mit dem Sultan darüber sprechen. Aber wenn ihr nicht bald wieder in eurem Abteil seid, wird keiner von uns den Sultan von Konstantinopel, sondern wir alle die Gefängnisse des Königs von Rumänien sehen.«

Natürlich hatte der Freiherr nicht die geringste Absicht, mit dem Sultan über feine Unterschiede des islamischen Glaubensbekenntnisses zu sprechen. Aber Schabinger war heilfroh, dass die Männer wieder auf ihre Plätze zurückgingen. Als es kurz darauf wieder an seiner Abteiltür klopfte, ahnte er Schlimmes. Zum Glück war es nur der Schaffner.

»Alles in Ordnung?«, fragte der.

»Danke der Nachfrage«, sagte Schabinger. »Die drei Männer sind tiefgläubige Muslims und waren in Sorge, dass ihnen im Speisewagen Schweinefleisch serviert werden könnte.«

»Nein«, lachte der Schaffner, »so was könnten wir nicht machen im Balkanzug!«

»Das habe ich den Herren auch versichert und sie schienen beruhigt.«

In Bukarest musste ihr Zug über Nacht halten, um die Lokomotive neu zu bekohlen und im Schlepptender neues Wasser zu fassen. Die Strecke und ihr Energiebedarf waren gut berechnet, es steckten ja auch schon ein paar Jahre Erfahrung in der Balkanbahn, sodass sie nur selten längere Aufenthalte hatten, obwohl ihre Lok eine gewaltige Menge Kohlen benötigte, um sie über den ganzen Kontinent, über Berge und durch Täler zu bringen. Dass sie nach der Karpatenüberquerung eine Nacht in Bukarest zu verbringen hatten, war unvermeidlich, dass Rumänien mittlerweile eine feindselig gesinnte Nation war, war schlicht Pech.

Sie wurden von Graf von Florisdorf, dem deutschen Botschaftsrat in Bukarest, vom Bahnhof abgeholt, der vom Auswärtigen Amt über die Delegation in Kenntnis gesetzt worden war. »Kommen Sie«, sagte er zum Kommandanten. »Ich bringe Sie in eine Unterkunft.«

»Können wir denn nicht einfach in einem Hotel am Bahnhof nächtigen?«, fragte von Schowingen.

»Unmöglich«, sagte von Florisdorf entsetzt. »Sie können nicht in einem rumänischen Hotel übernachten, ich könnte dann für nichts garantieren. Kommen Sie einfach mit!« Er lotste die Truppe durch den Bahnhof, dann fuhren sie mit der Straßenbahn aus der Stadt heraus. Überall sahen sie eingeworfene Scheiben.

»Sehen Sie das?«, fragte der Botschaftsrat. »Das sind alles Häuser, in denen Deutsche oder angeblich Deutsche wohnen. Sogar auf die Botschaft haben sie schon Steine geworfen. Was sind das für Zeiten?« Mit diesen Worten brachte er sie ins *Elveția,* ein obskures Gasthaus, das so hieß, weil es von zwei Schweizern betrieben wurde.

STERN

Donau

Stern war nicht anspruchsvoll, aber er hatte sofort gesehen, dass er sogar in seinen ersten Wochen im Feld wesentlich besser untergebracht gewesen war als in dieser Bukarester Absteige. In den Scheunen am Rhein war es staubig gewesen, hier im *Elvetia* regierte der Dreck. Aber nicht nur wegen der Bettwanzen war für ihn an Schlaf nicht zu denken, die ganze Nacht verbrachte er mit Überlegungen, wie er seine bunte Truppe wieder aus Rumänien herausbringen könnte. Überlegungen, in einem zerschlissenen Bett angestellt, die ihm selbst völlig sinnlos schienen, im Grunde reines Grübeln waren. Es würde sowieso auf Fortunas Laune ankommen, sollte ihre Mission zu einem glücklichen Ende kommen. Schabinger hatte ihm berichtet, warum die drei Araber bei ihm im Schlafwagen vorgesprochen hatten, das fehlte gerade noch, dass sich die Muslime jetzt noch zusätzliche Probleme ausdachten, die bisher niemand hatte.

Entsprechend machte es Stern jedenfalls nicht viel

aus, das Schweizer Wanzenschloss schon sehr früh wieder in Richtung Bahnhof verlassen zu müssen, wo sie pünktlich um sieben Uhr ihren Zug bestiegen und nach Giurgiu fuhren. Der Ort an der Donau würde hoffentlich ihre letzte Station im Feindesland sein. Von dort wollten sie nach Bulgarien übersetzen, nach Rustschuk, einem Ort, der auf Bulgarisch ausgerechnet *Russe* hieß. Aber trotz des Namens gab es dort keine Russen, im Gegenteil. Waren sie erst in Rustschuk, wären sie sowohl in Sicherheit wie auch praktisch schon in Konstantinopel. Die andere Seite der Donau war sprichwörtlich ihr sicheres Ufer.

Schnaufend näherte sich die Balkanbahn der Donau. Es war noch früher Morgen, als der Zug an seinem Endbahnhof ankam. Für Lok und Waggons würde es von hier aus zurück nach Berlin gehen, das Schicksal von Stern und seinem *Zirkus Estrella* war in diesem Augenblick nicht so gewiss. Wieder einmal standen sie nicht nur vor Kälte zitternd auf einem Bahnhof, wieder einmal waren sie die Attraktion des Ortes. Die Idee, sich als Zirkus auszugeben, erschien Stern im Lauf der Reise immer mehr das Wesen der Sache zu treffen. Sie hätten bei ihren Aufenthalten jeweils auch Eintritt verlangen können und sicher einiges verdient, mit dem sie die preußische Staatskasse hätten füllen können. Denn so neugierig und sensationslüstern, wie die Leute hier die frierenden Orientalen begafften, hätten sie sicher auch Geld dafür bezahlt.

Der Bahnhofskommandant war nach Sterns Einschätzung im zivilen Leben vielleicht Metzger und stellvertretender Vorsitzender der örtlichen Handwerkskammer, jedenfalls ein Mensch, für den es schon einer Bewaffnung gleichkam, dass man ihm eine Uniform geschneidert hatte. Ergriffen von seiner eigenen Bedeutung, schritt er über den Bahnsteig und musterte die Truppe. Er schien überzeugt, die Situation bestens im Griff zu haben, und würde kraft seiner Uniform in nächster Zukunft eine brillante Entscheidung treffen. Seiner Meinung nach konnte sich der rumänische König nur gratulieren, einen so großartigen Mann in seiner Armee zu wissen. Das könnte machbar sein, dachte Stern, verkannte aber auch die Gefahr nicht, die hinter dem selbstzufriedenen Schmerbauch lauerte. Da in den Augen solcher selbstbezogenen Menschen Fehler immer nur von anderen gemacht wurden, könnte ihre Situation auch sehr schnell brenzlig werden, wenn dieser Mann auf eine seiner zahlreichen eigenen Beschränktheiten stieß.

Aber richtig gespielt konnte es zum Glücksfall für Stern und seine Mission werden: Hauptmann Simicska war so selbstzufrieden, dass es ihm auch nicht in den Sinn gekommen war, die dringenden Depeschen der militärischen Führung zu lesen. Sein Dienstgrad, seine Funktion und sein Bauchumfang hatten ihn in ein Stadium der Selbstüberschätzung versetzt, dass er vermutlich annahm, den Krieg notfalls auch allein für den

König von Rumänien gewinnen zu können. Da schien es ihm überflüssig, sein kriegswichtiges Dasein mit dem Lesen irgendwelcher Schreiben zu unterbrechen, lästiger Epistel irgendwelcher Bürohengste, während er hier ganz vorn an der Front stand und Rumänien vor dem drohenden Ansturm der Barbaren schützte.

Ein größeres Glück, dachte Stern, könnten sie nicht haben. Wenn Simicska nur endlich das Studium ihrer Pässe beenden und ihnen das Signal für das Betreten der Fähre geben würde, dann wäre es geschafft. Doch der Bahnhofskommandant ließ sich natürlich nicht zur Eile antreiben, so weit kam es noch! Er wusste zwar nicht, was er hier tat, aber er würde es in Würde und Gründlichkeit tun. Schließlich, nachdem er noch einen Blick auf ihr Gepäck geworfen hatte, reichte er Stern die Pässe wieder zurück.

»Es ist so weit alles in Ordnung«, sagte der Hauptmann. »Das Königreich Rumänien gestattet Ihnen, unser geliebtes Vaterland wieder zu verlassen. Und nehmen Sie um Gottes willen Ihre Orientalen mit!«

»Jawohl, Herr Hauptmann«, sagte Stern unterwürfig. »Wie Sie befehlen.«

Der Hauptmann nickte den Trägern mit dem Kopf zu und die Gesellschaft setzte sich in Richtung Fähre in Bewegung.

»Augenblick noch«, rief er plötzlich. Stern blieb stehen, zischte allerdings den Funkern zu, dass diese weitergehen sollten. Weder das Gepäck noch seine Zirkustruppe waren auf der Fähre, noch hätte alles schiefgehen können. Das Schiff war nur noch ein paar Schritte entfernt und vom Bug wehte die bulgarische Flagge. Zur Not müsste Stern allein hier bleiben.

»Herr Hauptmann?«, sagte Stern in fragendem Tonfall, während er ein paar unschlüssige Schritte zurück zum Bahnhofskommandanten ging. Er wollte keinesfalls den Eindruck einer Flucht erwecken.

»Sagen Sie mal ... Sie hatten mir doch nur sechzehn Pässe zur Prüfung gegeben?«

»Ja«, gab Stern zu.

»Sie sind doch aber eine Gruppe von siebzehn Personen?« Einfache Arithmetik beherrschte er auf jeden Fall.

»Und was ist mit mir?«, fragte Stern kurzerhand. Diese billige Replik war das Einzige, auf das er in seiner schlaflosen Nacht gekommen war, um das Fehlen des Passes zu begründen.

»Ach so, ja, natürlich.« Hauptmann Simicska war zufrieden, dass er dieses Problem auch noch gelöst hatte. Die Ausländer sollten wissen, mit wem sie es hier zu tun hatten und dass sich die rumänische Armee, vertreten durch einen ihrer tapfersten Hauptmänner, nicht zum Besten halten ließ.

Mehr Glück als Verstand hatte seine Mutter immer zu Stern und seinen Geschwistern gesagt, wenn sie mit einer Lausbüberei davongekommen waren, und damit gleichsam diesen Tag am Bahnhof von Giurgiu vorhergesagt. Die wunderbare Mischung aus Selbstgefälligkeit, wahrem Nationalstolz und Dummheit des Hauptmanns, der in seiner Uniform nicht in der Lage war, einen Fehler zu machen, führte dazu, dass er die dürftige Nicht-Erklärung von Stern mit dem bedeutungsschweren Nicken eines Mannes, Hauptmanns sogar, quittierte, der immer schon alles verstanden hatte. Mehr Glück als Verstand hatte dafür gesorgt, dass die Fähre nach Rustschuk mit allen Mann und allem Gepäck von der rumänischen Fährstation ablegen konnte.

Auf ihren bulgarischen Stationen ließen sie sich die rumänischen Zeitungen kommen, die offensichtlich schon Stunden nach ihrem Verlassen des Landes eine riesige Geschichte aus ihrer Reise gemacht hatten. Wie immer war die Geschichte, die die Presse aus ihrem kleinen Abenteuer machte, viel spannender als die schnöde Realität ihrer Reise. Da wurden aus den vierzehn Marokkanern ganze Divisionen kriegslüsterner Osmanen, aus ihrer Funkstation wurden halbe Feldstationen und Stern wurde zu einem der hochrangigsten Mitarbeiter des preußischen Militärgeheimdienstes hochgeschrieben.

TASSAOUT

Fliegende Fahnen

Endlich hatte Herr Stern keine Angst mehr. Seit dem großen Bahnhof in Berlin hatte er besorgt geschaut, war mit gerunzelter Stirn herumgelaufen, immer war Spannung in seiner Stimme zu vernehmen gewesen, war er laut geworden, hatte wenig gegessen. Weil Tassaout die Worte von Herrn Stern und der anderen Deutschen nicht verstehen konnte, blieb ihm die Beobachtung. Auch Aderfit sprach kein Deutsch und das Wenige, was Stern und der Dragoman ihnen auf Französisch oder Arabisch sagten, sollte sie beruhigen. Aber sie waren keine Kinder, sie waren nicht dumm. Sie verstanden vielleicht nicht alles und schon gar nicht die vielen verschiedenen bunten Uniformen, die es für sie im Zug und auf den Bahnhöfen Tag für Tag zu bewundern gab, aber sie verstanden den Tonfall der Offiziere, die mit bösen Blicken die Papiere anschauten, die ihnen Herr Stern zu geben hatte, sie verstanden nur zu gut, dass Gefahr drohte, für sie, für ihre Herren, für alle. Herr Stern erinnerte Tassaout an den besorgten Hirten, der seine Herde durch ein Gebiet zu führen versucht, von dem er weiß, dass es dort Wölfe gibt, der wenig schläft, stets wachsam hinter jeden Felsvorsprung schaut und dabei gleichzeitig versucht, beruhigend auf die Herde einzureden. War die Lage ruhig, musste niemand beruhigt werden.

Doch alles war anders, seit sie mit dem Schiff übergesetzt hatten. Herr Stern lachte und scherzte, er aß eine Riesenportion und schlief laut schnarchend ein, sobald sie in dem Zug saßen, der sie hinter dem Fluss abgeholt hatte. Die Zeitungen, die er immer mit sorgenvollem Blick nervös durchgeblättert hatte, las er jetzt lachend und weinend, zeigte ihnen bestimmte Artikel und erklärte Aderfit geduldig auf Französisch, was ihn so fröhlich machte. Sie hätten wohl niemals nach Konstantinopel fahren dürfen, darum sollten sie auf der Strecke sagen, dass sie Gaukler, Jahrmarktsspieler waren. Doch das war jetzt vorbei. Ab sofort durften sie, ja sollten sie sogar jedem sagen, wer sie waren, woher sie kamen, solange sie nur nicht vergaßen auch zu sagen, wie freundlich der deutsche Kaiser und seine Untertanen zu ihnen gewesen waren. Aber warum hätten sie das auch nicht sagen sollen? Den Kaiser selbst hatte Tassaout zwar nicht getroffen, aber wenn er der Älteste von Herrn Stern, dem Dragoman und Meister Straus war, dann konnte man nur das Beste von diesem Kaiser und seinen Männern sagen.

Eine große Erleichterung war es auch, dass sie nun nach Herzenslust aufstehen und herumlaufen konnten. Nach drei Tagen Zugfahrt konnte niemand von ihnen mehr sitzen. Es war bei Weitem nicht so schlimm wie die Fahrt in dem großen Franzosenboot, aber es war schlimm genug, denn ein Ait Attik verbrachte seine Tage nicht mit dem Sitzen, sondern auf den Füßen. Bis zu dem großen Fluss war Herr Stern immer herbeigeeilt, wenn einer von ihnen aufgestanden war. Sie mögen sich doch bitte wieder hinsetzen. Nur die Toilette durften sie benutzen, außer in den Bahnhöfen, weshalb Tassaout schon aus Langeweile ständig in die kleine stinkende Kabine gegangen war, auch um manchmal nur mit dem Fuß den kleinen Deckel am Boden zu öffnen, durch den man direkt auf die schnell vorbeifliegenden Gleise blicken konnte.

Die Landschaft draußen vor den Zugfenstern, zumindest die Pflanzen, aber auch die Menschen wurden immer vertrauter. Es wurde wärmer, die Luft wurde trockener und sogar der Staub erinnerte ihn an die Heimat. Die Haut der Menschen war nicht mehr so schrecklich blass und man sah auch nur noch selten Menschen mit gelben Haaren, über die sich Tassaout auf ihrem Marsch nach Flandern noch so gewundert hatte. Schließlich kamen sie zum Bahnhof Swilenigrad und Herr Stern erklärte ihnen mit vor Freude zitternder Stimme, dass dies die letzte Station sei, wo sie kontrolliert werden würden, gleich auf der anderen Seite wären sie unter dem Schutz des großen Sultans und somit aller Millionen Muslime auf der ganzen Welt.

Wenn Tassaout überlegte, was die Araber ihnen zu Hause teilweise angetan hatten, wunderte es ihn schon, dass diese auch für ihn und Aderfit einstehen würden, aber Herr Stern war völlig überzeugt und begeistert von diesem Gedanken, Tassaout wollte ihm da nicht widersprechen. Und natürlich schauten Walid, Mehdi und Lounis weiter mit stark gerunzelten Stirnen zu ihnen herüber, aber offensichtlich hatten auch sie eingesehen, dass sie das Spiel hier bis zu seinem Ende mitspielen sollten, auch sie wurden überrollt von der großen Welle der Liebe.

Doch es schien so, als würde Herr Stern recht behalten, denn gleich nachdem sie in Swilenigrad frisches Wasser und Kohlen gefasst hatten und ihr Zug die Grenze zur Türkei überfahren hatte, wurden sie empfangen wie lang verlorene, heiß geliebte Söhne und die Türken machten keinen Unterschied zwischen Gnawa, Berbern oder Arabern. Auf jedem Bahnhof begrüßte sie eine jubelnde Menschenmenge, die Bahnhöfe waren geschmückt und zusätzlich wurden Fahnen geschwenkt. Die Männer reichten ihnen Blumen, Tee und Früchte durch die Zugfenster, manche kamen herein und steckten ihnen mit Rosenwasser übergossenes Gebäck zu, die Freude schien keine Grenze zu kennen. Tassaout und die anderen verstanden kein Wort, auch der Dragoman war ratlos. An den anderen Stationen hatten sie kaum mehr verstanden, als dass die uniformierten Beamten schlechte Laune hatte. Da war ihnen das hier natürlich eine willkommene Überraschung. Hatten sie auf ihrer langen Fahrt die Gewehre der Wachtruppen auf den Bahnhöfen fürchten gelernt, obwohl diese stumm geblieben waren, feuerten die Menschen hier in und außerhalb von Uniformen und Formationen Salutschüsse für sie ab. Es war, als hätten Tassaout, Aderfit und die anderen den Krieg gewonnen, ganz so, wie es der Lahcen vorhergesagt hatte.

STERN

Hohe Pforte

Stern empfand es als äußerst angenehm, die Tür seines vornehmen Zimmers im *Tokatlian* hinter sich schließen und langsam die von dem pompösen Mobiliar ausgehende Ruhe auf sich übergehen lassen zu können. Meine Güte, was waren das für Stunden gewesen! An jedem türkischen Bahnhof war das reinste orientalische Freudenfest gefeiert worden, man nötigte sie förmlich, Weintrauben, Gebäck, Granatapfelsaft und Tee in kleinen, geschwungenen Gläsern zu sich zu nehmen. Es hätte ihn nicht gewundert, wenn ihnen auch noch Bauchtänzerinnen in die Waggons geschickt worden wären. Die Ankunft ihrer kleinen Truppe im Osmanischen Reich wurde von den Türken so begeistert gefeiert, als wären sie tatsächlich das kriegswichtige deutsche Kommando, zu dem sie die wutschäumende rumänische Presse heraufgeschrieben hatte.

Die Krönung der Feierlichkeiten hatte dann freilich der Empfang in Konstantinopel selbst gebildet. Am

Bahnhof stand eine Blaskapelle, die Menschen jubelten ihnen wieder zu. Sie wurden von zwei Adjutanten Enver Paschas in Empfang genommen. Während die Marokkaner in einer Kaserne untergebracht wurden, wurden Stern und Schabinger in einer offenen Equipage zum Hotel gefahren, die Straßen gesäumt von weiteren Jubeltürken, überall hingen schwarz-weiß-rote Fahnen zur Begrüßung der Delegation aus Deutschland und als Zeichen der unverbrüchlichen Freundschaft des deutschen Volkes mit den Muslimen der Welt.

Stern fiel auf, dass sowohl auf der Nord- wie auf der Südseite des Hornes, also in Galata, Kassim Pascha, Stambul wie auch in Fatih, hier und da Häuser zu brennen schienen. Unauffällig fragte er Schabinger, was es damit auf sich habe.

»Das sind armenische Kirchen«, nuschelte der Freiherr ihm zu, damit ihre Begleiter sie nicht verstehen würden, außerdem schauten sie dabei weiterhin winkend nach links und rechts, auf dass ihr Gespräch auf der einen Seite und ihre Mimik und Gestik auf der anderen möglichst wenig miteinander zu tun hatten. »Die Jungtürken lieben die Armenier ebenso wenig wie die Alttürken. Sonst lassen sie ja die Kurden die schlimme Arbeit erledigen, aber manchmal greifen sie auch selbst zu.«

»Aber tut denn keiner etwas dagegen?«

»In Wahrheit keiner. Der kranke Mann vom Bosporus

hat gewissermaßen die Armenier als die Ursache allen Übels für sich erkannt.«

»Ist das denn zutreffend?«

Schabinger von Schowingen schaute kurz mit skeptischem Blick zu Stern hinüber: »Keineswegs. Aber es ist eine bequeme Erklärung, viel einfacher als all die komplizierten Wahrheiten. Und wenn sich die Lage nicht bessert, liegt es immer hübsch daran, dass noch nicht genügend gegen die Armenier ausgerichtet wurde.«

»Können wir Deutschen denn nicht unseren Einfluss für unsere christlichen Brüder geltend machen? Schließlich besteht doch fast der halbe türkische Generalstab aus unseren Leuten«, fragte Stern.

»Wir könnten vielleicht. Fraglich ist, ob wir sehr viel zuwege brächten. Derzeit sind uns zudem die Allianz mit den Türken und die Unterstützung des Djehad wichtiger. Die hohe Pforte hat lang genug gebraucht, sich für unsere Seite zu entscheiden. Außerdem gibt es einige deutsche Vertreter im hiesigen Generalstab, die durchaus etwas gegen die Armenier haben, diese auf übelste Weise mit den Juden gleichsetzen. Gestatten Sie mir in diesem Zusammenhang auch die dringende Empfehlung, uns allen bitte den Gefallen tun zu wollen, zuvorderst Ihnen selbst, gegenüber keinem unserer Gesprächspartner hier auf Ihre mosaische Herkunft zu verweisen.«

»Aber ich bin kein Jude, ich bin sogar ...«

Der Freiherr schnitt ihm mit einer Handbewegung das Wort ab: »Dann ist es ja gut, belassen wir es bitte einfach dabei und verzichten wir auf Details. Denn bei allen Meinungsverschiedenheiten, die wir mit unseren Freunden im Osten auch immer hatten und haben werden, so finden wir doch stets eine herzliche Verbindung durch unseren gemeinsamen Hass auf die Juden.«

Stern schwieg nun, während ihnen ihre Begleiter zulächelten. Nachdem sie vom Bahnhof zunächst durch eine moderne Stadt gefahren waren, nahmen sie den Weg zum Bosporus hin, auf dem Straßen zu Gassen wurden und die europäische Moderne sich langsam zu einem orientalischen Treiben wandelte, ohne dass die Jubelbekundungen abnahmen. Sie fuhren einige Meter am Ufer des Bosporus, wodurch sie einen schönen Blick hatten, wie die Stadt links und rechts die sieben Stadthügel entlang des Goldenen Horns hinaufwuchs. Natürlich war es unverzichtbar, dass die deutschen Gäste am Ende noch auf der Galatabrücke über das Goldene Horn gefahren wurden, schließlich war die gerade erst von der MAN Gustavsburg in ihrer jetzigen Form errichtet worden. Dann waren sie schon in Pera, dem Stadtteil, in dem das *Tokatlian*, eines der vornehmsten Hotels Konstantinopels, lag. Nach all dem Trubel war Stern nun die Ruhe seines mit Goldbrokat und osmanischer Teppichkunst reich verzierten Zimmers aus tausendundeiner Nacht gerade recht.

Am nächsten Morgen war es mit der Ruhe vorbei, sobald Stern und der Freiherr die Eingangstür des Hotels geöffnet hatten. Die ganze Stadt, so erklärte es ihm der Übersetzer, der von der deutschen Botschaft geschickt worden war, um Stern und Schabinger von Schowingen abzuholen, wollte schließlich die Ausrufung des Heiligen Krieges durch den Sultan feiern. Die Feierlichkeiten begannen in der Fatih-Moschee, wo dem Sultan, gekleidet in den Mantel des Propheten, das Schwert Mohammeds vom Scheich umgegürtet und die grüne Fahne des Propheten entrollt wurde. Dort hatten Stern und die anderen deutschen Freunde keinen Zutritt, da sie ausschließlich Muslimen vorbehalten war.

Sie fuhren zur Botschaft. Etwas außerhalb der Stadt sah Stern, wie die Menge ein Gebäude zerstörte, das er nicht genau zuordnen konnte. Für eine Kirche schien es ihm zu klein zu sein.

»Was machen die Menschen da? Ist das auch eine armenische Kirche?«, fragte er den Übersetzer.

»Nein, Effendi. Das ist das russische Denkmal. Es gibt keinen Türken, der es nicht hasst.«

»Warum steht es hier?«

»Nach dem verlorenen Krieg gegen die Russen fanden die Friedensverhandlungen hier in San Stefano statt. Wir verloren Bulgarien und mussten sogar noch ein Denkmal für die russischen Soldaten bauen.«

»Verstehe.« Stern sah, dass Sprengsätze unterhalb des

spitzen Turms mit dem orthodoxen Kreuz angebracht wurden.

»Schauen Sie nur, es wird sogar gefilmt!«, rief der Übersetzer Stern zu, und tatsächlich stand ein Mann auf einem Podest und kurbelte an einer Kamera, während die Menge das Denkmal dem Erdboden gleichmachte.

Sie kamen nach Therapia, eine Stunde nördlich von Konstantinopel am Bosporus gelegen, wo die deutsche Botschaft ihr Sommerquartier hatte. Botschafter Paul Graf Wolff Metternich zur Gracht, ein Mann von vielleicht sechzig Jahren mit einem beeindruckenden Schnurrbart, hatte etwas Katzenhaftes an sich, er war sehnig, hatte einen stechend scharfen Blick und sah sprungbereit aus. Der Botschafter war gerade erst seit ein paar Tagen in der Stadt, die offizielle Einsetzung stand noch bevor, nachdem sein Vorgänger von Wangenheim gerade verstorben war, das Wort ging, es habe an der Überarbeitung gelegen. Unter größter Anteilnahme gerade auch des christlichen Teils der einheimischen Bevölkerung war Freiherr von Wangenheim in Konstantinopel beigesetzt worden.

Metternich musste noch in eine dringende Besprechung mit türkischen Ministern, empfing die beiden Landsleute aber mit großer Herzlichkeit und ließ sich ihr transeuropäisches Abenteuer kurz schildern. »Meine Herren, das Vaterland kann nicht von größerem Stolz auf Sie erfüllt sein, als ich dies im Moment bin. Es ist mir eine große Ehre, nur Bestes über Sie nach Berlin zu berichten. Aber jetzt muss ich Sie zur Eile anhalten: Der panislamische Aufmarsch ist für fünf Uhr dreißig am heutigen Nachmittag angesetzt. Daher muss ich Sie bitten, schnellstmöglich Ihre Marokkaner zusammenzutrommeln, zu präparieren und auszustatten, damit Sie schließlich für das Reich die Ernte Ihrer Tapferkeit und Tüchtigkeit einfahren können.«

Schabinger schaute zu Stern hinüber, der verstand. Wenn es um praktische Angelegenheiten ging, griff der Freiherr gern auf den nichtadligen Zirkusdirektor zurück. Stern nickte nur.

»Wenn Sie erlauben, Herr Botschafter, würde sich Leutnant Stern um die Marokkaner kümmern. Ich hingegen würde gern einige Gedanken zur weiteren strategischen Ausrichtung unserer Orientpolitik festhalten.«

»Wie Sie meinen, Herr von Schowingen«, sagte Metternich. »Ich kann Ihnen gern ein Büro zur Verfügung stellen. Ihnen, Herr Stern, stelle ich hingegen unsere Dampfbarkasse zur Verfügung, wenn Sie nichts dagegen haben. Sie liegt gleich unten am Anleger, der Kessel ist schon unter Dampf. Da sind Sie in null Komma nichts in Dolma Bagtsche, mitten im Herzen Konstantinopels, wo man Ihnen sicher schnell weiterhelfen wird.«

»Herzlichen Dank, Herr Botschafter«, konnte sich Stern nur freuen.

Es war erhebend, unter deutscher Flagge den Bosporus herunterzufahren, aber besonders faszinierend war es für Stern, die Stadt links und rechts der Meerenge die

Hügel hinauf wachsen zu sehen. Einmalige, märchenhafte Bilder, die sicher nicht jeder Besucher zu sehen bekam.

Doch kaum hatte die Barkasse in Dolma Bagtsche, oder »Dolmabahçe« wie es auf dem Schild des Anlegers stand, im Stadtteil Beşiktaş angelegt, musste Stern sich sofort wieder auf die Hektik des Treibens einstellen, ja er selbst hatte es sogar besonders eilig, da ihm die Zeit davonlief, es schon auf drei Uhr zuging und er noch nicht einmal wusste, wo seine Marokkaner verblieben waren. Mithilfe des Übersetzers und am Kai befindlicher Soldaten fanden sie heraus, dass die »Gefangenen« Quartier in der Hamidie-Kaserne erhalten hatten, nur ein paar Minuten entfernt die grünen Hügel hinauf. Hier wurde Stern von seinen Schützlingen überschwänglich begrüßt, aber viel Zeit für Höflichkeiten blieb nicht. Denn nun mussten französische Uniformen für seine Delegation besorgt werden, damit sie nachher hübsch zeigen konnten, wie die Franzosen die muslimischen Brüder für ihren Kampf missbraucht hatten.

Doch hier bewährte sich orientalische Flexibilität gegenüber dem preußischen Militärbeschaffungswesen. Botenjungen wurden eilig herbeigerufen und waren kurze Zeit darauf wieder zur Stelle mit französischen Uniformen im Gepäck oder immerhin doch Uniformen, die französischen sehr ähnlich sahen, zwei der Jungen hatten außerdem Schneidermeister in ihrem Schlepptau. Und so wie sie die bunte orientalische Zirkuskleidung mithilfe von Meister Straus aus dem Scheunenviertel in Berlin fachkundig zerstört hatten, so stellten sie jetzt mit den türkischen Schneidermeistern aus den bunten Ausgangsteilen französische Uniformen für die Marokkaner her, so gut das eben in der Kürze der Zeit möglich war. Am Ende sahen sie einigermaßen so aus wie ehemalige französische Soldaten, in der begeisterten Menge würde niemand auf Details achten.

Da es nun schon auf fünf Uhr zuging, war Eile geboten. Auf dem Taksimplatz war der panislamische Aufmarsch im vollen Gange. Stern und seine Truppe mussten auf die Tribüne. Das erwies sich als einfacher, als Stern angenommen hatte. Denn da, wo sie auftauchten, teilte sich die Menschenmenge wie das Rote Meer vor Moses und sie kamen unter Jubelbekundungen auf ihre Plätze. Die Marokkaner standen ganz vorn, dahinter stand Stern zwischen dem Grafen Metternich und Freiherr von Schowingen, die natürlich ganz pünktlich auf dem Taksim eingetroffen waren. Metternich hielt eine kurze Ansprache, die von seinem Dolmetscher ins Türkische übersetzt wurde. Stern soufflierte dem sprachbegabten Marokkaner auf Französisch, was dieser in donnerndem Arabisch über den Platz rief.

Die Begeisterung der Menge war nicht zu übertreffen. Sie sangen abwechselnd »Intikam«, ein türkisches Kriegslied, das wohl »Rache« bedeutete, und »Heil dir im Siegerkranz«, die preußische Kaiserhymne, wobei der Menge die Intonation von »Intikam« deutlich leichter fiel als das wenig vertraute deutsche Lied. Doch nichts konnte der überschäumenden Begeisterung Abbruch tun, stundenlang standen sie gemeinsam so da, wohl mehr als sechzigtausend Mann, und feierten die bevorstehenden Siege. Das deutsche Augusterlebnis ein paar Monate zuvor, von dem die Presse so eindrucksvoll berichtet hatte, das Zusammenströmen junger Männer unter dem Absingen patriotischer Lieder, die Vorfreude auf das »reinigende Stahlbad« des Krieges, die jubelnden Massen, schien Stern im Vergleich zu diesen Begeisterungsstürmen fast schon blass.

Doch bald nach dem Ende dieser Veranstaltung musste Stern die Schattenseite dieser Begeisterung sehen. Als Schabinger und er bei ihrem Hotel *Tokatlian* ankamen, bot sich ihnen ein Bild der Zerstörung: Fenster waren oder wurden zerschlagen, das Mobiliar aus den Fenstern auf die Straße geworfen. Als sie sich dem Hotel näherten, versicherte ihnen einer der Rädelsführer, dass es für die beiden absolut sicher sei, in dem Hotel zu nächtigen. Den deutschen Freunden werde man natürlich kein Haar krümmen, es sei nur so, dass der Hotelbesitzer Herr Tokatlıyan ein Armenier wäre, und man müsse den Freunden ja wohl kaum erklären, was es mit denen auf sich habe.

Zwar war Stern nichts Negatives über Armenier im Allgemeinen oder über Herrn Tokatlıyan im Speziellen bekannt, aber er verstand, dass diese Diskussion an diesem Ort und zu diesem Zeitpunkt sicher völlig zwecklos war, und so gingen sie in ihre Zimmer, die tatsächlich inmitten des Chaos um sie herum unberührt geblieben waren. Die Szenerie war unheimlich, aber sie schickten sich dennoch drein, zumal sie zu so später Stunde gerade in dieser Nacht sicher nur unter größten Mühen überhaupt noch ein anderes Bett für sich gefunden hätten.

TASSAOUT

Vom Platz

Der Sonnenschein des Festtages ist nur von kurzer Dauer, hatte Mutter immer gesagt. Und sobald sich die Sonne über dem großen Platz gesenkt hatte, war auch der Festtags-Sonnenschein für Tassaout und die anderen vorbei. Dabei hatte Aderfit gut gesprochen zu den Türken und sie hatten ihm zugejubelt. Er hatte Deutschland gedankt für ihre Befreiung und den Glaubensbrüdern seine Glückwünsche ausgedrückt, er hatte berichtet, wie die Franzosen sie aus Marokko entführt und in diese Uniformen gesteckt hatten, wie sie kämpfen mussten gegen ihre Freunde, die Deutschen, die sie aber zu ihrem und zu aller Glück befreit hätten. Dann hatten sie sich die französischen Uniformjacken ausgezogen und vor der jubelnden Menge türkische Mäntel übergezogen, die extra für sie bereitgelegt worden waren. Die Türken hatten ihre Hüte in die Luft geworfen vor lauter Begeisterung und Lieder wurden gesungen über den ganzen Platz, sogar die Deutschen hatten mitgesungen, die doch sonst nie sangen.

Am Ende der Feierlichkeiten hatten Herr Stern, der Dragoman und ein weiterer Herr, der den Bildern des Kaisers ähnelte, es aber nicht selbst war, den Marokkanern feierlich ihre Pässe überreicht, ihnen die Hände geschüttelt, für ihren tapferen Einsatz gedankt und ihnen allen die Freiheit geschenkt. Mit feuchten Augen hatten sie einander umarmt und auf den Rücken geklopft, es war eine sehr schöne Stunde.

Ein letztes Mal hatten sie in ihre Unterkünfte gedurft, um ihre Siebensachen abzuholen. Und nun standen sie vor dem Tor der Hamidie-Kaserne und waren frei.

Sie hatten die Türken gefragt, ob diese ihnen helfen könnten, nach Marokko zu kommen, und die Türken hatten sie lauthals ausgelacht. Was sie sich einbildeten? Dass die türkische Armee, der Stolz des Sultans und des ganzen Landes, sich dafür hergeben würde, hergelaufenen *zenci* Geld zu geben? Niemals. Sie sollten doch froh sein, dass man sie nicht mehr verkaufen könne nach Bodrum oder Antalya wie in den alten Tagen, und sie mögen sich jetzt davonmachen.

Von Megdaz nach Merrakec nach Anfa nach Marseille nach Flandern nach Berlin nach Konstantinopel waren sie von fremden Herren auf Reisen genommen worden. Und nun? Für das letzte Stück ihrer Reise mussten sie nun selbst sorgen, aber wie? Herr Stern hätte sicher einen Rat gewusst, aber Herr Stern war weg. Aderfit hatte sogar vorgeschlagen, dass sie zu dem Hotel gingen, in dem Herr Stern schlief, aber als Tassaout und Aderfit beim Hotel ankamen, sahen sie nichts als ein verwüstetes Haus mit zerstörten Scheiben. Weinende Frauen und ernst blickende Männer räumten darin auf, von einem deutschen Herren wussten sie nichts. Ja, so einer habe hier kürzlich gewohnt, große Menschen hätten hier schon übernachtet, gekrönte Häupter, die Führer großer Staaten, aber nun könne hier eben niemand mehr leben.

Unverrichteter Dinge wollten sie wieder abziehen, als einer der Männer sie ansprach. Sie seien doch jung und kräftig, ob sie sich ein bisschen Geld verdienen wollten? Türkische Arbeiter würde er ja sowieso keine bekommen, nicht einmal Armenier würden es wagen, hier zu arbeiten. Wenn sie also keine Angst hätten, könnten sie hier im Hotel mit Hand anlegen, hier sogar schlafen und so zumindest damit anfangen, sich ihr Geld für die Heimreise zu verdienen. Natürlich wollten Aderfit und Tassaout nichts anderes. Schon da sie keine andere Wahl hatten, schlugen sie begeistert ein und machten sich an die Arbeit.

SCHABINGER

Botschaft

Der Sommersitz der deutschen Botschaft erschien Freiherr Schabinger von Schowingen als geradezu idealer Ort, den verdienten Lohn seiner Mühen zu ernten. Vom wunderschönen Piniengarten der Villa konnte man seinen Blick über den Bosporus, jene Schnittstelle zwischen Orient und Okzident, zwischen der westlichen Zivilisation und den asiatischen Steppen, schweifen lassen. Hier kam man nicht umhin, sich als deutscher Beamter geradezu königlich zu fühlen. Von Metternich hatte seiner Bitte, in der Villa in Therapia das Gästehaus beziehen zu dürfen, gern entsprochen.

Seine selige Mutter hatte stets zu ihm gesagt, er möge sich gut den ersten Traum merken, den er in einem neuen Haus träumte, denn dieser würde in Erfüllung gehen. Und obschon das natürlich nichts als ein Aberglaube war, hatte Schabinger diesen mütterlichen Rat stets zu beherzigen versucht. Und so war er wahrhaft gespannt auf seinen ersten Traum in dieser orientalischen Welt vom elften November 1914, dem Vorabend des großen muslimischen Aufstandes und damit des deutschen Sieges im großen Krieg. Schabinger wollte nicht unbedingt von großen Orden träumen, aber diese an seine Brust zu heften, würde der Kaiser wohl in Bälde geradezu gezwungen sein. Schließlich war es zu einem nicht zu vernachlässigenden Teil auch sein Verdienst gewesen, dass der Aufstand aller Muslime gegen die Entente-Mächte zustande gekommen war.

Nur leider tat ihm sein Traum nicht den Gefallen. Wohl unter dem Eindruck der kriegerischen Scharen auf dem Taksimplatz wurde ihm ein Traum aufgetischt, der mehr ein Albtraum war. Schabinger träumte nicht etwa vom großen Sieg, sondern von der Niederlage des Reiches, ja mehr noch vom Untergang der deutschen Monarchie, dem Niedergang des Adels, dem Aufstand des Pöbels.

Gewiss wurden solche Träume von den fettigen, zu scharf gewürzten Speisen und dem schweren Wein ausgelöst, anders war es nicht zu erklären. Schabinger stand am nächsten Morgen früh auf, ließ sich einen Mokka bringen und wartete ungeduldig die Morgenzeitungen sowie die Nachrichten des Tages ab. Die Sommerresidenz der Deutschen Botschaft war bestens erreichbar und sogar mit einem Telefonapparat ausgestattet, sodass ihm kein Ereignis, kein Bericht auf der Welt entgehen konnte.

Die türkischen Zeitungen, die er sich bringen und

übersetzen ließ, berichteten auch am nächsten Morgen noch in aller Ausführlichkeit über den gestrigen Tag. Die »Frankfurter Zeitung« brachte tags darauf ebenfalls einen Bericht. Nur das darüber hinausgehende Presseecho war schwach, was Schabinger sich mit der üblichen Nachrichtenverzögerung erklärte. Aber als auch am nächsten Tag lediglich auf den hinteren Seiten der deutschen Zeitungen über die Ausrufung des Heiligen Krieges berichtet wurde, verlor Schabinger langsam die Geduld.

Ihn beschlich der bittere Gedanke, dass ihre Aktion nicht den weltumspannenden Erfolg hatte, auf den sie abzielte. Auch eine Woche später waren kaum Berichte über das Ereignis zu verzeichnen, selbst die britische, die französische und die russische Presse, die doch vor den aufständischen Muslimen hätte zittern müssen, ignorierten das Signal zur großen Erhebung vom Bosporus vollständig. Nicht der kleinste Bericht über die Verkündung des Heiligen Krieges ließ sich finden, keine Meldung von Scharmützeln oder gar größeren Erhebungen der Muslime der Welt. Schabinger fragte verschlüsselt im Auswärtigen Amt nach, doch auch hier waren keine diesbezüglichen Meldungen eingelaufen, weder durch die offiziellen noch durch die inoffiziellen Kanäle.

Der große Plan war zu einem großen Misserfolg geworden. Statt glänzend aufzusteigen, drohte der Stern seiner diplomatischen Laufbahn abrupt zu verblassen. Was waren das für Zeiten, in denen bürgerliche Emporkömmlinge Karriere machten und ein in vielen Sprachen gewandter Adliger aus bestem Hause in der zweiten Reihe der Korps verbleiben musste? Schabinger ließ sich sofort einen weiteren Mokka bringen, um sich in der Botschaftsbibliothek gründlich in mögliche Ursachen für die verhaltene Reaktion der Muslime und deren Berechtigung einzulesen.

STERN

Auf dem General

Zum Schluss hatten sie keine weitere Nacht im *Tokatlian* bleiben wollen. Sie zahlten dem traurigen Hoteldirektor das, was er für ihre Nächte zu bekommen hatte, sogar noch ein zünftiges Trinkgeld dazu, was natürlich die Stimmung des armen Mannes auch nicht zu heben vermochte. Dann ging es hinunter zum Hafen von Konstantinopel, in den sich der Ostafrika-Dampfer *General* vor den Kriegswirren gerettet hatte. Da die Ostafrika-Linie völlig infrage stand, hatte das Reichspostschiff im befreundeten Konstantinopel festgemacht, wo es nun natürlich die nahezu idealen Voraussetzungen für einen deutschen Kommandostab bot. Fast 120 Betten in der 1. Klasse, über 80 Betten in der 2. Klasse, dazu eine große Küche und Konferenzräume, samt Rauchzimmern und drahtloser Telegrafie der Firma *Telefunken*, es fehlte den zahlreichen deutschen Offizieren, die nach und nach eintrafen, an nichts.

Schon vor Ort waren die beiden neu ins türkische Heer

eingemeindeten Admiräle Souchon und von Usedom, Befehlshaber der beiden neu in die türkische Marine aufgenommenen Schlachtschiffe, der frisch gebauten Türken, ehemals *Goeben* und *Breslau*. Major Klein stieß zu ihnen als angeblicher Getreidehändler, andere waren als Bewässerungsingenieure und so weiter nach Konstantinopel eingereist. Es bestanden beste Verbindungen zum Generalstab der osmanischen Armee, der vom deutschen General Bronsart von Schellendorf geführt wurde, »ein unangenehmer Vogel, aber wenigstens *unser* unangenehmer Vogel«, wie Major Klein zu Stern hinter vorgehaltener Hand bemerkte.

Doch egal wie oft sie sich versammelt und konstituiert, organisiert und besprochen hatten, war ihre Gruppe großartiger deutscher Offiziere nicht weitergekommen. Sie saßen in ihren schönen Kabinen, nahmen im Kasino das gemeinsame Frühstück ein und trafen sich dann im ehemaligen Tanzsaal zur Lagebesprechung, deren Inhalt Tag für Tag darin bestand, dass es nichts zu besprechen gab, weil sich die Lage weder vor noch zurück bewegte. Es gab zu viele Strömungen in der jungtürkischen Regierung, die sich gegenseitig bis zum völligen Stillstand hemmten. Einerseits wurden die Deutschen allesamt als Offiziere der türkischen Armee aufgenommen und wurden dabei sogar um jeweils einen Dienstgrad höher eingestuft, andererseits weckte das den Neid türkischer Offiziere, die nicht durch ihre bloße Anwesenheit eine Beförderung erlangen konnten.

Einerseits war es klar, dass die Hauptstoßrichtung von Konstantinopel aus weiter in Richtung Arabien gegen den zunehmenden Einfluss der Franzosen und Engländer sein musste, andererseits waren es gerade die arabischen Gebiete, über die »der kranke Mann am Bosporus« zunehmend die Kontrolle verlor. Einerseits war der Heilige Krieg aller Muslime vom Sultan verkündet worden, andererseits gab es die große Glaubensgruppe der Schiiten, die sich keinesfalls für die Verkündungen des Sultans von Konstantinopel interessierte.

Im Endeffekt verbrachten sie ihre Tage in Konstantinopel mit süßem Nichtstun, während in der Welt Krieg herrschte. Nicht alle waren in der Lage, diesen Stillstand zu ertragen. Graf von Preysing ließ sich schon nach wenigen Tagen von Enver Pascha selbst ein Kavallerieregiment unterstellen, mit dem er versuchte, den Kaukasus von den Russen zurückzuerobern, eine Attacke, die nichts ergab als sinnloses Blutvergießen. Kapitän Wiehrs, Reserveoffizier der Marine, versuchten sie so erfolglos das notwendige Reiten beizubringen, dass er sich nach Berlin für gemäßigtere Aufgaben abmelden musste. So mutig und gern dieser Seemann sich den größten Stürmen auf den Weltmeeren entgegenstellen konnte, so wenig konnte er seine Angst vor den »wilden Tieren«, wie er noch die zahmsten Gäule nannte, bezwingen.

Der Rest ihrer Truppe verbrachte die Tage mit Wein, Weib und Gesang, wobei auf Letzterem die geringste Betonung lag. Die preußischen Offiziere lebten so, wie sie sich das Leben im Orient bereits in der Heimat ausgemalt hatten, und die Betreiber der türkischen Nachtlokale waren natürlich geschäftstüchtig genug, ihren zahlungskräftigen Besuchern das Gewünschte zu bieten, auch wenn sie dazu Möbel aus China, Weine aus Georgien und Frauen aus Bulgarien herbeischaffen mussten, also traditionelle türkische Nächte kreierten, wie sie Konstantinopel nie zuvor gesehen hatte.

Abend für Abend machte sich der größte Teil der Gäste des *General* auf in die Stadt, um dort in den verschiedensten Häusern der Freude die Nächte zu verbringen. Meist waren das zügellose Veranstaltungen, in denen alles getan wurde, damit die in- und ausländischen Besucher der Etablissements sich wie Herrscher in einem orientalischen Palast aus *1001 Nacht* vorkommen sollten. Unangenehm und gefährlich wurde es nur einmal, als einige von ihnen am Spieltisch Bekanntschaft mit Talaat Pascha machen mussten, Innenminister und Teil des jungtürkischen Triumvirats. Wie sie bald feststellen mussten, verlor Talaat nie. Darüber kam es zu einem heftigen Streit, am Ende ließen die deutschen Offiziere dem skrupellosen Großwesir lieber ihr Geld als ihr Leben am Spieltisch.

In separaten Kabinen warteten orientalische Schönheiten darauf, ihre raffinierten, mit Goldfäden durchwirkten Schleier, Hüllen und sonstiges für zahlungswillige Herrschaften fallen zu lassen. Doch das war nun ein

Vergnügen, für das die Herren völlig auf Sterns Anwesenheit verzichten mussten, nicht dass es einem von ihnen besonders aufgefallen wäre, dass Stern sich stets recht früh am Abend auf den *General* zurückzog. Stern sah es so: Er war dreißig geworden und hatte kaum noch daran geglaubt, als ihm sein Lebensglück in Person der schönen Theodora doch noch widerfuhr. Seine Kameraden waren schon ein oder mehrere Jahrzehnte verheiratet, es schien sich bei ihnen teilweise sehr gründlich ausgeflittert zu haben, während Stern sogar noch seine Eheschließung bevorstand. Darum spürte er keine Neigung, sich bei Liebesdienerinnen unklarer Herkunft kurz währende Freude und lang anhaltende Geschlechtskrankheiten zu holen, und sparte sich lieber für sein Lebensglück auf.

Stern behielt diese Sichtweise gänzlich für sich, er wollte seinen Kameraden gewiss nicht ihren Spaß verderben, er ging mit ihnen oft nach oben in die Altstadt, trank mit ihnen ein Glas Wein oder setzte ein paar Münzen am Spieltisch. Schließlich war er nicht als Militärpfarrer hierherkommandiert worden, und selbst die schauten gern bedeutungsvoll in die andere Richtung, wenn ihre Schäfchen sich Vergnügungen hingaben, die schon in beiden Testamenten kritisch beleuchtet worden waren – wenn die geistlichen Herren nicht gar selbst an ihnen teilhatten. Stern hatte einfach ein größeres Vergnügen daran, unten an Bord zu sitzen, die Lichter des Bosporus zu betrachten und romantische Briefe an

Theodora zu verfassen. Zwielichtige Frauen aller Stände hatte er in seiner überlangen Zeit als Junggeselle zur Genüge kennengelernt.

Eines Morgens ergab die Lagebesprechung wenigstens für Stern eine echte Aufgabe.

»Hören Sie, Stern«, sagte Major Klein. »Unsere Botschaft und die Hohe Pforte haben sich nach langen Verhandlungen auf Folgendes geeinigt. Sie stellen eine kleine Truppe zusammen und brechen nach Kerbela auf. Sie erhalten von mir eine versiegelte Order, die sich bis zu Ihrem Ziel nirgends als in Ihrer Brusttasche zu befinden hat. Haben Sie das verstanden?«

»Jawohl«, sagte Stern. »Was ist das Ziel unserer Mission?«

»Wie ich schon sagte, ist Ihr Ziel Kerbela. Davon abgesehen wird es wohl darum gehen, den ruhmreichen Djehad-Plan weiter zu durchschlagendem Erfolg zu verhelfen. Herr Schabinger von Schowingen ist nach gründlicher Analyse der Auffassung, dass der bisher unzulängliche Erfolg des Planes im Wesentlichen darauf zurückzuführen ist, dass die schiitischen Teile der Muslime noch nicht dafür gewonnen werden konnten, damit endlich der von uns so gewünschte Djehad seinen Anfang nimmt.«

»Schiitische Teile? Was hat man darunter zu verstehen?«

»Das müssten Sie schon einen Orientalisten fragen«,

sagte Klein. »Es ist offensichtlich eine Art muslimischer Abspaltung.«

»Aber es sind auch Muslime?«

»Ja, absolut. Man muss sich das wohl so vorstellen, wie es sich bei uns mit Katholiken und Protestanten verhält. Der Freiherr schreibt nun, man sei fälschlich davon ausgegangen, dass der Aufruf zum gemeinsamen Kampf die Teilung der Muslime überwinden würde, so wie ja auch in Deutschland im Krieg Katholiken Seite an Seite mit Protestanten kämpfen. Offensichtlich ist das Ganze doch etwas komplizierter als gedacht mit den Muslimen. Sehen Sie, Stern: Es ist Krieg und Sie haben einen Befehl. Wohin werden Sie da all Ihre Fragen führen?«

»Sie haben recht, Herr Major. Gestatten Sie mir dennoch eine wichtige Frage: Werden wir als deutsche oder als türkische Offiziere unterwegs sein?«

»Herr Stern«, grinste Klein, »ich möchte Sie doch sehr bitten, diese Frage nach den jeweiligen Gegebenheiten vor Ort operativ zu entscheiden. Als Ungläubige sind Sie natürlich einerseits wenig befugt, mit mohammedanischen Führern zu sprechen, andererseits könnte es sein, dass Sie als Angehörige der von Sunniten geführten Türkenarmee einen noch schwereren Stand bei der schiitischen Führung haben.«

»Das heißt, wir werden das flexibel handhaben?«

»Ich sehe, wir verstehen uns. Es hat schon seine Gründe, Stern, warum ich mich beim Generalstab dafür verwendet habe, Sie mit dieser Mission zu beauftragen.«

Stern freute sich über dieses Lob, noch mehr freute er sich darüber, endlich aufbrechen zu können, ihm war es schon beinahe egal, wohin. »Sehr gut, Herr Major. Wann brechen wir auf?«

»Am besten gestern. Wir haben schon genug Zeit mit diesen elenden Verhandlungen zugebracht. Stellen Sie Ihre Truppe zusammen und dann brechen Sie so schnell wie möglich auf.«

»Wird gemacht.«

Die Organisation solcher Angelegenheiten lag Stern im Blut und mittlerweile war er einigermaßen vertraut mit den Gegebenheiten Konstantinopels. Zwölf Offiziere und vier Unteroffiziere sollte er ins schiitische Herzland führen, also würde er ungefähr zwanzig Gehilfen brauchen, Träger, Dolmetscher, Dienstjungen. Einen guten Teil der Strecke könnten sie mit der Bagdad-Bahn bewältigen, doch dann brauchten sie Pferde, fähige Reiter und Burschen, die in der Lage sein würden, sich anständig um alles zu kümmern. Es wäre ganz unsinnig gewesen, die Pferde schon aus Konstantinopel mitzuführen, aber man musste sie auch vor Ort gut erstehen können. Auf der Suche nach einheimischen Kräften lenkten ihn seine Schritte unwillkürlich nach Pera zu ihrem ersten Quartier.

Herr Tokatlıyan, dessen Bekanntschaft Stern als vornehmer Hoteldirektor in feinem Zwirn gemacht hatte, stand in einfachem Leinenhemd in der verwüsteten Halle seines Hotels und arbeitete mit hochgekrempelten Ärmeln an der Wiederherstellung der alten Pracht.

»Ach, Monsieur Stern«, begrüßte er ihn in lupenreinstem Französisch. »Willkommen im *Tokatlıyan*. Ein Zimmer kann ich Ihnen derzeit leider noch nicht anbieten.«

»Nein, nein«, sagte Stern, »deswegen bin ich nicht hier.«

»Das sollte ein Scherz sein«, sagte Tokatlıyan. »Aber einem Mann in meiner Situation sind offensichtlich nicht einmal mehr die Scherze geblieben. Sind Sie gekommen, Ihre Marokkaner abzuholen?«

»Meine was?«

»In der dritten Etage arbeiten einige Ihrer Marokkaner. Ich dachte, Sie wären gekommen, um sie wieder einzusammeln.«

Stern eilte die Treppen zum dritten Stock hinauf. Und tatsächlich standen dort vier der treuesten und freundlichsten Männer aus seiner Zirkustruppe, die breitestens über ihre kalkweißen Gesichter lachten, als sie Stern sahen. Zum Glück war auch der gewiefte Aderfit dabei, der für alle aus dem Französischen übersetzen konnte.

Nach einer Weile fand sich Stern wieder in der Empfangshalle ein.

»Sagen Sie, Herr Tokatlıyan, hätten Sie etwas dagegen, wenn ich Ihnen die Marokkaner wieder entführe?«

»Nein, nein«, sagte der Hoteldirektor. »Sie haben sie an diesen unwirtlichen Ort gebracht, Sie sollten sie auch wieder sicher von hier fortführen.«

»Brauchen Sie die Arbeitskräfte nicht?«

»Ja und nein, im Moment haben wir einiges für sie zu tun, aber ich glaube, wir werden jetzt bald wieder zurechtkommen, danke der Nachfrage.«

»Aber was ist dann mit Ihnen? Werden Sie bald wieder den Hotelbetrieb aufnehmen können?«

»Wir werden sehen«, seufzte Tokatlıyan. »Mein Freund Talaat Pascha legt, glaube ich, keinen besonderen Wert darauf, dass wir Armenier hier in Frieden leben können.«

»Das ist Ihr Freund?«, fragte Stern entsetzt, der sich noch lebhaft an die fatale Begegnung ihrer deutschen Mannschaft mit dem bösartigen Talaat am Spieltisch erinnerte.

»Wie ich bereits vor wenigen Minuten bemerkte, Monsieur Stern, bleibt dem Besitzlosen offensichtlich oft nicht einmal mehr der Humor. Natürlich ist Talaat nicht mein Freund, ich würde mich wundern, wenn er überhaupt menschliche Freunde hat. Keiner der drei Paschas ist unser Freund, aber Talaat zieht es vor, sich die ganze Welt zu Feinden zu machen, weil er keine Freunde kennt und nur weiß, wie er mit Feinden umzugehen hat. Aber als seine größten Feinde sieht er uns Armenier, die er lieber heute als morgen alle hinter Gittern sehen will.«

»Nun, Sie können sich ja immerhin deutscher Unterstützung sicher sein«, versuchte Stern etwas Freundliches zu sagen.

»Ja, das mag sein und Gott segne Sie dafür, Monsieur Stern. Unglücklicherweise kann sich Talaat Pascha ebenfalls deutscher Unterstützung sicher sein.«

»Was meinen Sie?«

»Ach wissen Sie, Talaat Pascha ist nur ein brutaler Emporkömmling, ein ehemaliger Postbeamter aus Edirne, voller Hass. Aber was ihm an strategischem Geschick fehlt, bekommt er von eurem Oberst Bronsart von Schellendorf, Chef des hiesigen Generalstabs.«

»Bronsart von Schellendorf hat auch eine Hand in der Verfolgung der Armenier?«

»Ich würde sagen, die Pläne tragen ganz und gar seine Handschrift. Talaat würde uns alle nur in Gefängnisse werfen und dort schlecht behandeln. Aber im Generalstab von Oberst Bronsart arbeitet man angeblich Pläne zur Deportation aller Armenier aus dem Osmanischen Reich aus.«

»Eine Deportation? Wohin?«

»Ja, das ist die Frage. Vielleicht in die Wüste, in unseren Tod? Seit Freiherr von Wangenheim, Gott segne ihn!, kürzlich verstorben ist, sieht es ganz finster für uns aus. Der Herr Botschafter war ein zuverlässiger Freund von uns Armeniern und machte seinen Einfluss immer in unserem Sinne an der Hohen Pforte geltend.«

»Aber Graf Metternich wird auch in Ihrem Sinne wirken.« Der Botschafter war im November in Konstantinopel angekommen, sicher würde er sich auch für die Christen Konstantinopels einsetzen.

»Wir wollen es hoffen, Monsieur Stern. Nicht dass jetzt, wo Osmanisches und Deutsches Reich im Krieg zusammenstehen, von den Deutschen die Kunst des Übersehens geübt wird.«

»So weit wird es schon nicht kommen«, versuchte Stern das Gespräch zu einem optimistischen Ende zu bringen. »Darf ich meine Marokkaner in drei Tagen hier abholen? So lange würden Ihnen ihre Dienste noch zur Verfügung stehen.«

»Aber gern, Monsieur Stern. Und vielen Dank.«

Sie schüttelten einander die Hände in dem Wissen, dass es ihr letzter Abschied voneinander werden würde. So waren die Zeiten.

GLÄSER

Unter Deck

Mittlerweile brauchte Gläser nicht mehr das Essen aus der Mannschaftskantine, um satt zu sein. Oben logierten und parlierten die vornehmen Offiziere, alter Adel und Geldadel an einem großen Spieltisch, ließen sich Zigarren und Likör bringen und gingen abends in die Harems der Altstadt, wo sie ihr Geld verspielten und verhurten. Der Dampfer bot denen da oben den Komfort eines Hotels.

Er und Klemm hockten dagegen unten in den Mannschaftskabinen unter Deck, aßen in der Kombüse das zweitklassige Essen und hatten nichts anderes zu tun, als täglich die Funkausrüstung zu kontrollieren. Und zu warten. Zu warten darauf, dass die große Weisheit zu ihnen herunter in die Kabinen tropfen würde, dass sie einen Befehl bekamen, wohin man sie gnädig verfügt hatte. Im Grunde waren die Quartiere der Bediensteten hier unten genau richtig für sie, denn auch sie hatten nur zu Diensten zu sein. Sie hatten nichts zu sagen und mussten tun, was ihnen befohlen wurde. Dass keiner von den hohen Herren da oben auch nur die Klemmen K und Z an der Feldsprechbatterie finden würde, spielte keine Rolle. Sie befahlen die Verwendung der Funkstation, Gläser und Klemm hatten zu gehorchen.

Sicher, es war so gekommen, wie es sich Mutter gewünscht hatte: Er war weitab von der Front und von feindlichen Truppen, es bestand keine Gefahr, über den Haufen geschossen zu werden. Aber dort, an der Front, war sicher auch kein Platz für das vornehme Offiziersgehabe, das Gläser hier so auf den Senkel ging. Auf dem Schlachtfeld konnte man es sich einfach nicht leisten, zwischen Menschen verschiedener Klassen zu unterscheiden. Und eigentlich müsste es hier genauso sein, dachte Gläser, sie saßen ja buchstäblich alle im selben Boot. Und doch wohnten die einen oben in den Schlafkabinen erster Klasse, und sie saßen hier unten in der Holzklasse, und um die Orientalen, die man so aufwendig von Berlin hierhergebracht hatte, kümmerte man sich reinweg gar nicht mehr.

Der Krieg sollte nur ein paar Wochen dauern, aber nun ging er schon ein paar Monate, dieser Krieg, und würde vielleicht noch Jahre dauern. Jahre, in denen Leute wie er oder Klemm im Unterdeck sitzen und ihr Leben nach den Befehlen aus dem Oberdeck richten mussten.

Wie gesagt, satt war er schon und genug Schnaps, um den ganzen Ärger zu vergessen, stand ihnen hier unten sowieso nicht zu. Vielleicht würde er nachher noch mal mit Klemm in die Stadt gehen, um sich türkischen Anisschnaps zu kaufen, der zwar scheußlich schmeckte, aber seinen Zweck erfüllte.

TASSAOUT

Zurück, zurück

Aderfit hatte es nicht glauben wollen, er hatte Tassaout eines Besseren zu belehren versucht, er hatte ihn beschimpft und manchmal sogar geohrfeigt. Dennoch war Tassaout nicht davon abzubringen gewesen, dass eines Tages Herr Stern wieder zu ihnen kommen werde. Und nun war es tatsächlich geschehen. Herr Stern wollte mit ihnen aufbrechen nach Arabien herüber und sie dann entlassen. Und wenn sie einmal in Arabien waren, dann würden sie es ganz gewiss auch noch bis nach Hause schaffen, Aderfit nach Merrakec und er zurück zu den Ait Attik. Da war er jetzt ganz sicher und auch Aderfit wagte es nicht mehr, ihm zu widersprechen, schließlich hatte Tassaout schon einmal recht behalten. Denn Aderfit war bestimmt der Klügere von ihnen, aber Tassaout wusste auch ein paar Dinge.

»Warum hast du gesagt, dass du reiten kannst?«, fragte ihn Aderfit.

»Weil es das war, was wir Herrn Stern sagen mussten.«

»Wieso sagst du das?«

»Aderfit, du bist so klug und sprichst ihre Sprache, als wärst du einer der ihren. Und doch verstehe ich sie besser, obwohl ich bei den Ziegen in den Bergen unter freiem Himmel aufgewachsen bin. Wenn sie dich fragen, ob du etwas kannst, muss deine Antwort immer *Ja* sein. Herr Stern wollte das hören und ich habe es ihm gesagt. Es war eine Art Höflichkeit.«

»Du nennst es eine Höflichkeit?«

»Natürlich. Warum soll ich einem guten Freund keinen Gefallen tun? Warum fragt er mich nach solchen Dingen? Meinst du, er wollte die Zeit mit Plaudereien verbringen und als Nächstes fragt er mich nach meinen Fertigkeiten im Weben? Nein, sie suchen Leute, die Dinge können und diese Leute werden dann belohnt. Und deswegen musst du immer *Ja* sagen, wenn sie fragen, ob du etwas kannst.«

»Auch wenn du es nicht kannst? Denn sieh mal, ich kann sogar ein wenig reiten. Aber du bist eben nur ein Ziegenhirt, du hast doch in deinem Leben noch keinen Tag auf einem Pferd gesessen.«

»Das ist mir egal. Um mit Herrn Stern nach Arabien zu kommen, würde ich sogar fliegen lernen. Wie schwer kann das Reiten sein? Als Kinder sind wir oft auf den Ziegen durchs Dorf geritten. Mutter hat uns deswegen immer geschimpft, aber reiten konnten wir.«

»Das ist etwas anderes, als ein Pferd zu reiten!«

»Aderfit, willst du hier weiter das zerstörte Hotel des

Armeniers aufräumen? Die Türken hassen die Armenier und wir sind für sie nichts anderes als *Gnawa*, Sklaven. Je früher wir von hier wegkommen, je eher wir in Arabien sind, umso besser.«

»Tassaout, mein Bruder. Wenn wir dort sind, sind wir noch lange nicht in der Heimat. Von Arabien müssen wir dann noch durch Ägypten, Tripolis und Algerien, bevor wir zurück in Marokko sind. Einmal ums große Meer herum werden wir dann gefahren sein.«

»Aber Aderfit, du und ich glauben doch nicht mehr, dass wir eines Tages genügend eigenes Geld haben, uns auf einem Schiff hier im Hafen von Konstantinopel in Richtung Anfa einzuschiffen. Mit Herrn Stern aufzubrechen, ist unsere einzige, unsere letzte Chance.«

»Aber auch Monsieur Tokatlıyan hat uns seiner Unterstützung versichert.«

»Ich glaube nicht, dass uns Monsieur in dieser Stadt noch viel helfen können wird.«

Damit war das entschieden. Schon wieder packten sie ihre Bündel und bereiteten sich darauf vor, mit Herrn Stern auf die große Reise zu gehen.

DIECKHOFF

Von der Goltz

Eines war klar, im Orient gab es keine geraden Straßen. Das Amt hatte ihn zur persischen Gesandtschaft in Teheran geschickt, doch in Aleppo erreichte ihn die Nachricht, dass der deutsche Gesandte vor den anrückenden russischen Truppen aus Teheran geflohen war. Was hätte Dieckhoff jetzt tun sollen? Einen Monat lang nach Berlin zurückreisen, um von dort womöglich nach Timbuktu versetzt zu werden? Er beschloss, sich so weit in Richtung Teheran zu bewegen, wie es ihm möglich sein würde. Immerhin, von Raqqa nach Qaim konnte er auf einem Kelek den Euphrat herunterfahren, dafür war es von Qaim nach Bagdad ein Wüstenmarsch durch Sand und Trockenheit und wenn er nicht gewusst hätte, dass seine Führer auch am Leben bleiben wollten, so hätte er niemals geglaubt, dass diese tatsächlich in dieser Ödnis zur nächsten Oase finden würden. Sie liefen bei Sonnenuntergang los und wanderten die Nächte hindurch, weil sie am Tag bei lebendigem Leib verbrannt wären.

Doch Dieckhoff hatte es geschafft, war am 16. Dezember 1915 schließlich glücklich in Bagdad angekommen. Im Konsulat war seine Ankunft erwartet worden, ein arabischer Junge brachte ihn zu einem Gästezimmer, wo er bewirtet wurde, sich ausführlich waschen und schlafen konnte. Am nächsten Morgen stellte er sich ausgeruht und frisch rasiert im Konsulat vor, wo er natürlich sofort zu Max Hesse, dem Konsul, geführt wurde.

»Herr Dieckhoff«, begrüßte ihn der Konsul freundlich, »freut mich außerordentlich, Sie wohlbehalten hier begrüßen zu dürfen.«

»Herr Konsul«, entgegnete Dieckhoff den Gruß, »es freut mich auch. Aber schließlich hatte ich Ordre vom Amt selbst, das ist ja fast schon ein göttlicher Befehl.«

»Das Problem ist nur leider«, sagte Hesse, »dass es sich bei den räuberischen Banden, die hier überall auf der Lauer liegen, um ganz und gar gottlose Gesellen handelt. Umso schöner, Sie hier begrüßen zu können.«

»Die Freude ist ganz auf meiner Seite«, versicherte Dieckhoff.

»Weil wir doch gerade von höchsten Ordres sprachen, Sie scheinen in dieser Hinsicht ein reich bedachter Mann zu sein.«

»Was meinen Sie, Konsul?«

»Mir liegt doch tatsächlich wieder ein Ordre aus der Wilhelmstraße, Ihre Person betreffend, vor.«

»Sie meinen die Gestellung nach Teheran?«

»Nein. Das Amt beordert Sie, außenpolitischer Berater im Generalstab der VI. türkischen Armee zu werden.«

»Wie bitte? Ich spreche kein Wort Türkisch.«

»Das wird nicht notwendig sein. Im Stab der VI. Armee spricht kaum jemand Türkisch, geleitet wird er von Feldmarschall Colmar von der Goltz, ein ostpreußischer Haudegen, ein Günstling des Kaisers.«

»Colmar von der Goltz, der beinahe Reichskanzler geworden wäre?«

»Eben der.«

»Aber ich weiß doch von türkischen oder persischen Dingen so gut wie gar nichts.«

»Das ist umso besser«, sagte der Konsul. »Sie können nicht weniger als der Herr Feldmarschall wissen, und nichts hasst Goltz-Pascha mehr als übertriebene Rücksichtnahme aus diesen oder jenen politischen Bedenken.«

»Goltz-Pascha?«

»Ja, das ist der offizielle Titel, den ihm die Türken verliehen haben. Er ist bei ihnen sehr beliebt.«

»Ein freundlicher Mann also?«

Der Konsul zog scharf Luft ein. »So weit würde ich nicht gehen. Ein echter Preuße, würde ich sagen. Er ist unbestechlich, hat dem Reich unendliche Besitztümer hier gesichert und die Verbindungen zwischen ihm und der Hohen Pforte könnten nicht besser sein. Sie werden ihn ja bald kennenlernen. Hier ist Ihre Ordre.«

Hesse überreichte Dieckhoff das Schriftstück und verabschiedete sich wieder von ihm. Ein Botenjunge brachte ihn herüber zum Sitz des Generalstabs der VI. Armee. So war Dieckhoff außenpolitischer Berater geworden, hatte aber im Stab wenig mehr zu tun, als dem Feldmarschall dabei zuzuhören, wie er die Briten in Kut zu besiegen gedachte.

FRANZKE

Halbmondlager

Mutter hatte sie ja immer gewarnt, sich mit einem Preußen einzulassen, aber was wusste ihre Mutter schon, sie kamen ja selbst aus Westpreußen. Auch Muttern war doch wohl mal jung gewesen. Und als Alma sie gefragt hatte, ob sie mit dabei sei, mit der Eisenbahn nach Bansin zu fahren, wie hätte sie da Nein sagen sollen? Wann sonst kommt eine Landpomeranze schon mal in ein Kaiserbad, wenn nicht als Backfisch? Denn wenn man sich um seinen Mann und die Kinder kümmern muss, hat man anderes im Kopf als die Sommerfrische, schließlich waren die Poremskis noch nie zu Reichtum gekommen, das musste sie ausnutzen.

Und dann nahm das Schicksal seinen Lauf, wie es Mutter ausgedrückt hatte. Kurt war ein fescher Kerl, die Mütze immer so schief auf dem Kopf und mit frechen Augen in die Welt schauend, es hatte gar nicht lang gedauert, da hielten sie schon Hände und Alma lief mit roten Wangen um sie herum und achtete ganz aufgeregt auf die Einhaltung der guten Sitten, hatte sich ruckzuck zum Anstandspudel gemausert.

Aber Kurt war nicht nur lustig und frech, sondern auch anständig gewesen. Sie hatten einander fleißig Briefe geschrieben und im Herbst war er nach Marienburg gekommen, um bei Muttern um ihre Hand anzuhalten. Vater war ja 1904 in Deutsch-Südwest geblieben, als sich die Wilden da unten gegen die Schutztruppe aufgelehnt hatten. Mutter hatte immer nur Angst gehabt, sie würden ihn in einen Suppentopf stecken, aber er war mit der Abteilung von Mühlenfels am Waterberg durch eine ganz gewöhnliche Kugel gefallen, sie hatten ihn gleich beigesetzt in Deutsch-Südwest. Feierlich, wie ihnen im Schreiben der Militärverwaltung mitgeteilt worden war. Jedenfalls hatte sich Kurtchen bei der Kriegerwitwe Poremski vorstellig gemacht und um die Hand ihrer mittleren Tochter angehalten, und Mutter konnte ja froh sein, eine Esserin weniger zu haben.

»Warum müsst ihr euch immer nur Arme suchen?«, hatte sie bloß geschimpft. »Es gibt doch so viele Reiche auf der Welt, unter denen muss es doch auch Nette geben. Aber ihr bringt mir immer nur Arme ins Haus.« Aber das war nicht schlimm, so etwas sagte Mutter immer und Kurt hatte immerhin Arbeit und eine Wohnung in Wünsdorf zu bieten, da war sie nach der Hochzeit gleich dageblieben.

Mutter erzählte nach der Hochzeit, ihre Gertrud würde in Berlin sein, und in Westpreußen kam sie damit vielleicht davon, dabei war Berlin ein ganzes Stück weg von Wünsdorf und nur wenige Wünsdorfer machten die Eisenbahnfahrt in den Norden öfter als ein, zwei Mal pro Jahr. Nur Frau Miedling von gegenüber fuhr jeden Morgen nach der Charité zur Arbeit, aufgedonnert wie eine Gräfin, gab damit aber auch an wie eine Lore Affen. Sonst waren die Wünsdorfer eben vor allem Wünsdorfer, da war nichts dabei. Kurt war im Krieg, wie eben die meisten Männer. Aber dass die große weite Welt ausgerechnet zu ihnen nach Wünsdorf kommen würde, hatte niemand vorhergesehen.

Im Februar 1915 hatten sie an der Straße nach Zehrensdorf rüber angefangen, beheizbare Baracken zu zimmern, mit einem mächtigen Zaun drum herum, und bald hieß es, dort sollen Kriegsgefangene untergebracht werden. Und weil Gertrud nichts weiter zu tun hatte, außer Kurt regelmäßig Briefe in den Krieg zu schicken, und wenn es die Lage zuließ auch ein Paket mit Socken oder Kaffee, hatte sie bei der Lagerleitung um Arbeit nachgefragt. So konnte sie sich das Einkommen aufbessern, Kurts Sold war nicht sehr hoch und sie hatte niemanden weiter zu versorgen, Muttern war in Marienburg und der Krieg war eher gekommen als ein erstes Kind.

Von der Lagerleitung war ihr gesagt worden, sie solle sich im März wieder melden, dann würde man sehen, wie sie sich anstellte. Da war dann die Eröffnung mit Pauken und Trompeten. Ein richtiger Freiherr aus Berlin, irgendein Schlawiner von Schlohingen oder so, war vorbeigekommen, um die feierliche Eröffnung vorzunehmen. Er richtete sogar ein paar Worte auf Arabisch an die ersten Gefangenen, die nun also die Ehre hatten, an diesem Ort gefangen zu sein.

Die Stuben reinigen, kleinere Näh- und Küchenarbeiten, das alles hatte Gertrud noch bei der Mutter gelernt, da war es klar, dass sie die Stelle im Lager bekam. Richtig einen hochamtlichen Ausweis bekam sie, den sie zu präsentieren hatte, um die Wachen am Tor zu passieren. Nach ein paar Wochen kannten sie natürlich alle, den Ausweis hatte sie aber trotzdem immer parat, man wusste ja nie, ob doch noch eine Kontrolle erfolgen würde.

Die Nachbarn hatten sich erst darüber mokiert, dass Gertrud ins Lager putzen ging. Eine verheiratete Frau und der Mann ist im Feld und überhaupt. Aber zunehmend wurden sie neugierig, denn das Lager war schon etwas Besonderes. Nun wäre in Wünsdorf jedes Kriegsgefangenenlager etwas Besonderes gewesen, aber ihr Wünsdorfer Halbmondlager hätte auch in Berlin das Zeug zur Sensation gehabt. Man brachte hier nämlich nur ausgewählte Gefangene unter, und zwar ausschließlich Muselmänner. Nur wer an Allah glaubte, der konnte ins Halbmondlager kommen, völlig gleichgültig, ob er vorher für die Engländer, die Franzosen oder die Russen gekämpft hatte.

So etwas hatte die Welt noch nicht gesehen! Die Araber trugen Turbane, die Turkos kleine rote Feze. Alle trugen sie dazu lange blaue Umhänge und rote Schärpen mit ihren Gefangenennummern, einer wie der andere. Geliefert wurden diese Uniformen von den Berliner Nähereien Becker und Cohn & Gerschlowitz. Was war das für ein Kuddelmuddel! Araber liefen durchs preußische Wünsdorf in Uniformen einer jüdischen Schneiderei und dazwischen machte die ehemalige Westpreußin Gertrud Franzke, geborene Poremski, sauber zwischen den feinen Herren, während ihr Kurt an der Westfront hoffentlich neue Gefangene einsammelte und nicht etwa selbst in Gefangenschaft geriet oder schlimmer.

Obwohl, wenn das Gefängnis dort einen solchen Luxus bieten würde wie das Halbmondlager, dann könnte sich Kurt nicht beschweren. Im ganzen Ort zerriss man sich schon das Maul über die Lieferungen von Lebensmitteln, Kleidern und Brennstoffen, die Tag für Tag ins Lager gekarrt wurden. Vom Wort her stellte man sich eine Gefangenschaft nicht so schön vor, aber bei ihnen in Wünsdorf ließen es sich die Muselmanen recht gut gehen. Sie bekamen gut zu essen, wurden eingekleidet, sogar Tabak bekamen sie. Der sei für die Araber ein Nahrungsmittel und darum könne man ihnen das nicht vorenthalten. Arbeiten mussten sie auch nicht und so verbrachten sie ihre Tage mit allerlei Lektüre und dem Anhören gelehrter Vorträge. An ihren Feiertagen lieferte die Firma Kolb nicht nur Fleisch, sondern sogar lebende Hammel, die sie nach ihrer Tradition schlachten durften, wie es hieß. Dass Gertrud und die anderen Mamsells danach die Schlachtstätte putzen durften, davon war natürlich nie die Rede. Das war vielleicht eine Schweinerei, auch wenn die feinen Herren ja niemals Schweinefleisch aßen.

Anfang Juni wurde es dann völlig verrückt. Da rückte eines schönen Morgens die Tischlerfirma Stiebitz und Köbchen extra aus Charlottenburg an und begann mit dem Bau eines muslimischen Gotteshauses. Tag und Nacht schwangen sie die Hämmer, sägten und klopften Nägel. Und nach fünf Wochen war der Orient gänzlich in Wünsdorf angekommen. Da stand eine Moschee im Fläming, als wäre sie auf einem Teppich dahingeschwebt. Zwar hatten sie ja auch in Potsdam solche Bauwerke, aber die Wünsdorfer Moschee war das erste muslimische Gotteshaus in ganz Deutschland, so stand es sogar in der *Vossischen*, ein Gebäude zur Anbetung von Allah, nicht nur architektonischer Zierrat wie das Pumpwerk von Sanssouci oder die Dresdner Zigarettenfabrik. Mitte Juli weihten sie die Moschee dann mit großem Pomp und Bahnhof ein, pünktlich dass die sogenannten Gefangenen darin den Beginn von ihrem Ramadan feiern konnten, ein Monat nach islamischem Kalender, in dem sie von Sonnenauf- bis -untergang nichts essen, nur beten durften.

Normalerweise würde man meinen, dass es einem in Gefangenschaft recht schlecht ergeht, wenn man von morgens bis abends nichts isst. Aber im Halbmondlager brauchten sich die feinen Herren Kriegsgefangenen keine Sorgen zu machen. Gertrud und die anderen Frauen sorgten für Ordnung, es ging zu wie in einem Hotel. Sogar eine eigene Kaffeesiederei hatten sie auf dem Lagergelände, so konnten es sich die Häftlinge mit Tabak und Mokka gut gehen lassen, es kam allein darauf an, dass sie immer hübsch brav zu ihren Unterweisungen gingen.

Es war nicht gerade schwer, herauszufinden, worum es bei diesen Unterweisungen ging, es war nicht nur tägliches Gespräch im Halbmondlager, sondern sogar die lagereigene Zeitschrift hieß so: »al-Gihad«. Das war wohl so etwas wie ein Kreuzzug für die Muslime und nun wäre es vielleicht einigen komisch vorgekommen, warum man sich in Wünsdorf für den Heiligen Krieg der Muselmanen interessieren würde, dafür Kaffee brauen, Gelehrte aus Berlin herbeischaffen und eine eigene Zeitung drucken sollte. Sollten sie ihren Krieg doch selbst machen, hätte man denken können. Aber Kaiser und Reich unterstützten diesen Djehad, weil die Muslime dem Kaiser sehr wohlgesonnen waren und weil überall auf der Welt Muslime lebten – nur nicht in Deutschland. Und würden sich die russischen Tartaren, die indischen Turbane und die afrikanischen Beduinen unter der Führung des Sultans zusammenschließen, würde es im Krieg ganz gut aussehen für Deutschland und seine Verbündeten. Nachdem es nicht gelungen war, dass die Muslime diesen Krieg selbst ausgelöst hatten, wollte das Deutsche Reich sie nun dafür ausbilden.

Die Vorträge wurden von einem Marokkaner in arabischer Sprache abgehalten, aber im Schaukasten vor dem Essenssaal waren die Themen auch in deutscher Sprache angeschlagen mit Titeln wie »Was tut dem islamischen Volk not?« oder »Deutschlands Verständnis für den Islam«, schließlich sollten die Muslime ja bei ihrem Heiligen Krieg gegen Russland und Frankreich einen Bogen um ihren Freund Deutschland machen.

So lief die offizielle Propaganda im Lager, auch wenn Gertrud aus persönlicher Anschauung ein paar Zweifel anzumelden gehabt hätte. Einige der Gefangenen schienen sehr wenig Interesse an Heiligkeit zu haben, jedenfalls besuchten sie die Moschee sehr selten. Und in den Unterweisungen, die vormittags und nachmittags verpflichtend gehalten wurden, sah man sehr viele Gefangene schlafen. Es war einfach so, dass die Häftlinge völlig unterschiedliche Sprachen sprachen und viele genauso wenig in der Lage waren, einer Lektion in arabischer Sprache zu folgen wie Gertrud.

Aber es stand ihr nicht zu und wäre nicht gut aufgenommen worden, wenn sie Zweifel an dieser Linie angemeldet hätte, ganz abgesehen davon, dass es niemandem eingefallen wäre, sie zu fragen. Bei einer Zugehfrau wäre es den oberen Herren vermutlich gleichgültig gewesen, aber wehe ein Häftling zeigte sich nicht eifrig. Dann drohten schreckliche Konsequenzen. Ein Gefangener, der von der Lagerleitung zum »Französling« zurückgestuft wurde, fand sich schon bald auf dem Weg in ein reguläres Gefangenenlager wieder, wo es sicher weniger Essen gab, keinen Tabak, keinen Kaffee und dafür jede Menge Arbeit. In der Mitte standen die »den Franzosen abgeneigten, aber sonst lauen Mohammedaner«, sie mussten sich besonders intensive Unterrichtungen gefallen lassen und ihr Gewissen wurde unablässig von den Propagandisten geprüft.

Am besten hatten es die »zum Heiligen Krieg Willigen« oder auch »Djehadisten«, nur jeder zehnte Insasse wurde so angesehen. Sie bekamen bessere Uniformen und Abzeichen, damit man sie ja gleich erkennen konnte, größere Rationen und bequemere Betten wurden den »Djehadisten« selbstverständlich auch zur Verfügung gestellt und nur diese besonders geschätzten Lagerbewohner, von Gefangenen konnte bei ihnen kaum noch die Rede sein, erhielten zu den hohen Feiertagen die lebenden Hammel zur Schlachtung geliefert.

Doch mit Sicherheit das Bemerkenswerteste war es in Gertruds Augen, dass mit den Djehadisten gelegentlich Spazierfahrten in die Reichshauptstadt veranstaltet wurden. Diese waren recht lustig, die so Privilegierten wurden früh geweckt, brachen mit ein paar Unteroffizieren zum Wünsdorfer Bahnhof auf, wo sie um 6.36 Uhr den Frühzug zum Potsdamer Bahnhof nahmen. Dort warteten schon Kremser, mit denen die bunte Gesellschaft stundenlang durch die Stadt gefahren wurde. Es ging von der Potsdamer Straße über die Kaiser-Wilhelm-Gedächtnis-Kirche zum Kemperplatz und der Siegessäule, durch das Brandenburger Tor zum Alexanderplatz und dann durch die Friedrich- und Leipziger Straße zurück zum Potsdamer Bahnhof. Kein Wunder, dass da die Berliner zusammenliefen und glotzten. Man musste sich das vorstellen! Mitten im Krieg wurden ausländische Gefangene in Kremsern lustig durch die Hauptstadt kutschiert.

Gertrud hatte keine Vorstellung, wie die Berliner das sahen, sie wusste nur, dass die Wünsdorfer nicht gerade einverstanden waren, auch wenn sich natürlich niemand traute, seinen Unmut laut zu bekunden. Die meisten Wünsdorfer waren noch niemals im Kremser durch Berlin gefahren, geschweige denn auf Kosten des Staates. Und während die eigenen Männer im belgischen, französischen oder russischen Schlamm lagen und Kugeln über ihre Köpfe hinwegpfiffen, ließen es sich diese französischen Orientalen hier in Deutschland gut gehen.

Doch am tollsten trieb es ihr Professor Otto Stiehl, den sie zum Lagerkommandanten gemacht hatten, der aber weniger Kommandant als Operettendirektor zu sein schien. Stiehl war im Zivilleben Berliner Magistratsarchitekt aus Steglitz und im Lager vor allem daran interessiert, immerfort irgendwelche fotografischen oder sonstigen Aufnahmen von den Gefangenen zu machen. In einem Zimmer des Kommandantentraktes hatte er seine technische Ausrüstung untergebracht und fotografierte beinahe jeden Tag einen der Gefangenen, am liebsten in voller Montur. So eine Fotografie konnte den ganzen Tag dauern. Wenn es schlechtes Wetter gab, hieß es, schnell die Ausrüstung ins Trockene retten.

Ganz und gar aus dem Häuschen war Stiehl auch, als eine Truppe von der Königlich-Preußischen Phonographischen Kommission ins Lager kam, um Aufnahmen von den Gefangenen auf Edison-Rollen zu machen. Er ließ den Herren das feinste Essen auftischen und brachte ihnen wie ein Schuldiener einen Lagerbewohner nach dem anderen ins Aufnahmezimmer. Den Gefangenen wurden Karten mit bestimmten Dingen gezeigt, deren Bezeichnungen sie in ihrer Landessprache in den großen Trichter sprechen sollten, den die Kommission am Vortag in der Kleiderkammer aufgebaut hatte. Die ganze Prozedur des Sprechens dauerte immer nur ein paar Minuten, dann war die Rolle voll. Die Herren schauten alle sehr wissenschaftlich drein, beschrifteten ihre Wachsrollen akkurat und reisten am folgenden Tag wieder zurück nach Berlin.

Aber Stiehls größter Moment war am Tag der Moscheeeröffnung gekommen: Aus ganz Deutschland und dem Osmanischen Reich waren Vertreter angereist, eine Blaskapelle spielte, überall wimmelte es von Pressefritzen und Professor Stiehl konnte seine Fotografien gewissermaßen meistbietend verkaufen. Von einer kleinen Anhöhe etwas östlich des Lagers hatte er ein Foto der Moschee im Morgenlicht geschossen, das niemand sonst haben konnte.

Diese Aufnahmen waren das Einzige, an dem Stiehl wirkliches Interesse zeigte, wenn neue Gefangene kamen, stand er mit gierigen Augen am Lagertor, weil er hoffte, immer noch exotischere Gefangene fotografieren zu können. Wenn mal ein paar Aserbaidschaner dabei waren, die allzu mitteleuropäisch aussahen, sprang ihm die Enttäuschung förmlich aus dem Gesicht, aber wenn Tartaren oder gar Afghanen dabei waren, musste er sich förmlich zusammennehmen, nicht wie ein Backfisch in glückseligen Jubel auszubrechen. Er wollte, so wurde es im Lager herumerzählt, ein Buch herausbringen, und je exotischer die Fotos darin seien, desto besser würde es sich wohl verbreiten. Stiehl war bestimmt ein kluger Mann und wahrscheinlich ein guter Professor, aber eine militärische Führungsperson war er sicher nicht. Mit so einem Kommandanten und diesen laschen Regeln entsprach der Lagerbetrieb eher einem Lager des Wandervogels als der preußischen Armee, fand Gertrud.

An der Front, das hatte Kurtchen geschrieben, fehlte es an allem: am Essen, an Uniformen, an Waffen und an Pferden. Was sollte Gertrud ihm denn schreiben? Dass in der Heimat wohlgenährte ausländische junge Männer auf Kremsern durch Berlin kutschiert wurden, denen kostenlose Zeitungen in die Hand gedrückt wurden, die eigens für sie gedruckt wurden? Da war es doch besser, wenn Kurt davon nichts hörte. So schrieb sie nur vom Lager, von der Moschee, von seiner Mutter und von der Apfelblüte und hoffte, dass sie später Zeit miteinander hätten, um ihre Erlebnisse auszutauschen und teilen zu können. In der Zwischenzeit führte sie den Haushalt, wusch die Wäsche, machte die Stuben rein, kochte Essen hier wie dort. Denn so war es doch immer: Die Männer machten Krieg und die Frauen konnten hinterher aufräumen.

DIECKHOFF

Legationssekretär

Dieckhoff hatte es selbst kaum glauben wollen, dass er sich, nicht einmal ein halbes Jahr nach seiner beschwerlichen Reise nach Bagdad im Dezember 1915, schon im Mai wieder auf dem beschwerlichen Weg zurück nach Konstantinopel befand. Doch der Tod des Feldmarschalls war nicht nur für ihn überraschend gekommen.

Seit seinem achtzehnten Lebensjahr hatte Colmar von der Goltz bei der Armee gedient, in Preußen, Österreich, der Türkei und Königsberg. Er war im Deutschen Krieg schwer verwundet worden, hatte die osmanische Armee schon 1893 neu organisiert und die Briten bei Kut geschlagen. Nicht nur er selbst, auch wer ihn kannte, hielt ihn für unverwundbar. Darum hatte auch niemand gedacht, dass er am Fleckentyphus versterben würde, den er sich bei einem Lazarettbesuch verwundeter Kameraden in Bagdad zuzog. Aber so war es gekommen und Dieckhoff war sein Amt als außenpolitischer Berater nach nicht einmal vier Monaten schon wieder losgeworden. Über das Konsulat erwirkte er, wieder nach Berlin zurückversetzt zu werden, und der Weg nach Berlin führte über Konstantinopel.

Der letzte Dienst, den er Wilhelm Leopold Colmar Freiherr von der Goltz zu erweisen hatte, war die Überführung seines Sarges in die Hauptstadt des Osmanischen Reiches. Hier sollte er in der Sommerresidenz der deutschen Botschaft in Therapia am Bosporus seine letzte Ruhestätte finden, direkt neben dem Botschafter Freiherr von Wangenheim. So wie bei Letzterem empfanden es die deutsche und die türkische Regierung als überaus angemessen, wenn diese großen Freunde des Osmanischen Reiches auf Boden beigesetzt werden würden, der sowohl deutsch als auch türkisch war.

Auch wenn es ungewöhnlich und vielleicht sogar etwas schauerlich war, einen Sarg zu begleiten, hatte Dieckhoff diese Mühe doch gern in Kauf genommen im Austausch gegen die große Sicherheit durch das militärische Geleit, das zwar vor allem dem verstorbenen Feldmarschall galt, aber am meisten ihm, dem lebenden Berater, diente. In Konstantinopel wurde ihre Abordnung vom Botschafter Graf Wolff Metternich begrüßt. Die Grabstelle für Colmar von der Goltz war schon vorbereitet und so konnte dieser bald nach ihrer Ankunft mit militärischen Ehren und kirchlichem Segen des deutschen Pfarrers beigesetzt werden. Bald danach wurde Dieckhoff zum Botschaftsrat bestellt.

Botschaftsrat Konstantin von Neurath war vielleicht

zehn Jahre älter als Dieckhoff, trug seinen Schnurrbart nach der Mode der Zeit an den Enden gezwirbelt und war das, was man einen stattlichen Mann nennen würde. Er begrüßte den jüngeren Kollegen fast schon überschwänglich.

»Dieckhoff, schön, dass Sie es einrichten konnten.«

»Es ist mir eine Ehre, Herr Botschaftsrat.«

»Ach, lassen Sie den Quatsch. Neurath reicht vollkommen aus. Schließlich sitzen wir hier doch im selben Boot, beziehungsweise haben Sie in den letzten Monaten viel Zeit in Keleks verbracht.«

»Ach wissen Sie, ich ziehe die gemächliche Flussreise in einem bedachten Kelek der heißen Wüste vor.«

»Das ist natürlich richtig, ganz richtig«, bestätigte Neurath. »Aber hören Sie, ich habe Sie natürlich nicht für allgemeine Plaudereien hierhergebeten.«

»Natürlich nicht.«

»Zunächst darf ich Ihnen im Namen des Auswärtigen Amtes ausdrücklich für Ihre Dienste für Herrn Feldmarschall von der Goltz danken, insbesondere auch für diesen letzten Dienst, den Sie dem großen Sohn erwiesen haben.«

»Das war mir eine ehrenvolle Pflicht.«

»Sicher. Nun beschäftigt uns aber die Frage, wie es mit Ihnen weitergehen soll.«

»Ich habe«, sagte Dieckhoff, »beim Amt um meine Rückführung nach Berlin nachgesucht und diesem Gesuch wurde entsprochen.«

»Ja, aber in der Zwischenzeit haben sich neue Gesichtspunkte ergeben«, sagte Neurath.

»Welche neuen Gesichtspunkte?«

»Nun, wir könnten hier in Konstantinopel dringend Verstärkung gebrauchen.«

»Was denn für eine Verstärkung?«, fragte Dieckhoff.

»Ich habe in der Wilhelmstraße darum gebeten, Sie hier in der Botschaft zu belassen. Sie würden den Posten eines Legationssekretärs erhalten und könnten uns beste Dienste leisten.«

»Aber warum denn? Die Botschaft ist doch gut besetzt?«

»Noch«, sagte Neurath, »noch.«

»Was meinen Sie?«

»Sie wissen, dass Sie als Diplomat verpflichtet sind, Geheimnisse auch für sich zu behalten.«

»Das ist selbstverständlich«, sagte Dieckhoff.

»Gut. Obwohl es eigentlich kein Geheimnis ist, dass der Botschafter beim jungtürkischen Triumvirat äußerst unbeliebt ist.«

»Graf Metternich? Warum? Er macht auf mich den Eindruck eines erfahrenen Diplomaten. Hat er nicht ausgezeichnete Dienste in London geleistet?«

»Sicher. Daher kenne ich ihn auch. Ich habe damals fast zehn Jahre in der Londoner Konsulatsabteilung gearbeitet.«

»Und was haben die Türken gegen ihn?«, fragte Dieckhoff.

»Das Gleiche was auch der teure Tote gegen ihn hatte.«

»Sie meinen Goltz?«

»Natürlich meine ich Goltz. Hat er Ihnen gegenüber die Armenierfrage nie erwähnt?« Neurath schaute Dieckhoff prüfend an, so als ob der ihm etwas vorenthielt.

»Doch. Die Türken wollten die Armenier aus Mossul an den Euphrat transportieren und der Feldmarschall hatte sich dagegen stark gemacht, sogar mit seinem Rücktritt gedroht. Sie haben ihm dann den Verbleib der Armenier zugesichert.«

»Dennoch, von der Goltz war sicher kein Freund der Armenier. So wie Friedrich Bronsart von Schellendorf, immerhin Generalstabschef der osmanischen Armee, hielt auch er die Armenier für die Juden des Osmanischen Reiches und befürwortete ihre Verfolgung.«

»Ja, so hatte ich ihn auch verstanden«, bestätigte Dieckhoff. »Er hatte nichts gegen die Umsiedlung der Armenier an den Euphrat, wollte aber vorher die Voraussetzungen dafür schaffen und nicht die Armenier ohne jeden Schutz in die Wüste treiben.«

»Sehen Sie«, sagte Neurath, »und Botschafter Metternich hat sich mehrfach und ausdrücklich bei der türkischen und auch der deutschen Regierung gegen die Verfolgungen der Armenier eingesetzt.«

»Und nun?«

»Nun steht der Botschafter kurz vor seiner Abberufung und wir brauchen einen tüchtigen Legationssekretär, damit wir die Geschäfte gegebenenfalls auch ohne einen Botschafter fortführen können. Das Deutsche Reich wird es sich bestimmt nicht mit den Türken verderben.«

Dieckhoff seufzte nur. Er kam sich vor wie eine Spielfigur, die von einer unsichtbaren Hand ohne Unterlass auf einem riesigen Spielfeld hin- und hergeschoben wurde.

STERN

Bagdad

Dieser Krieg hatte acht Wochen dauern sollen, vielleicht sogar vier Monate. Doch nun ging das Ganze schon seit bald zwei Jahren und zumindest Stern konnte ein Ende beim besten Willen nicht absehen. Im Übrigen hatte ihn vor genau zehn Minuten sein gewöhnlich unerschütterlicher Optimismus verlassen.

Am Morgen hatte sich Stern wie gewöhnlich den Tigris zum Serail hochrudern lassen und dort sein Büro im Konsulat aufgesucht. Um die Absichten der ungläubigen Deutschen zu camouflieren und nicht noch mehr Aufsehen zu erregen, für das sie als europäische Expedition in Bagdad ohnehin schon gesorgt hatten, waren sie als *Armee-Etappen-Inspektion* in die osmanische Armee eingegliedert worden. Wie sich herausstellte, war das tatsächlich eine sinnvolle Aufgabe. Sie hatten mehr als beide Hände voll damit zu tun, die Diebstähle und Räubereien von Lebensmitteln und Ausrüstung entlang der Bagdad-Bahn in den Griff zu bekommen. Um die osmanischen Truppen an der Front wenigstens mit dem Notwendigsten versorgen zu können, mussten alle Kräfte gebündelt werden. Dabei war von den eigentlichen Eisenbahnanlagen schon jetzt kaum noch etwas übrig.

Gleichzeitig arbeiteten sie weiterhin am großen Ziel der Entfachung und Verbreitung des Heiligen Krieges unter den Muslimen, um gemäß der Nachrichtenstelle für den Orient und der Denkschrift von Herrn von Oppenheim die gesamte mohammedanische Welt zum wilden Aufstand zu entflammen. Dabei konnten sie wenigstens auf dem Papier, besser gesagt sogar auf Pergament, zum Teil große Erfolge verzeichnen. Durch Vermittlung des persischen Botschafters in Konstantinopel waren ihnen die Pforten der Stadt Kerbela geöffnet worden, der heiligen Wallfahrtsstätte der Schiiten, wo sich die Grabstätte ihres dritten Imams und Märtyrers Hussein ibn Ali befand, zu der Abertausende von Gläubigen zweimal pro Jahr pilgerten.

Nach endlosen Verhandlungen, die meistens in sehr langsamen orientalischen Kreisen verliefen und nur sehr wenig mit preußischer Zielgerichtetheit gemein hatten, war es ihnen schließlich gelungen, dass der Groß-Mudjtehid sich in einem prachtvollen Pergament dem Heiligen Krieg im Namen aller Schiiten anschloss und als deren geistiges Oberhaupt auch den Schah von Persien aufforderte, mit seinem Volk der gerechten Sache der Mittelmächte beizutreten. Das hatte zwar einiges an Zeit und nicht wenig an Gold gekostet, war aber dennoch in der langen Geschichte des Bruderstreits zwischen Sunniten und Schiiten ein einmaliges Ereignis.

In Bagdad angekommen, ließ Stern die Fatwa des Mudjtehids sogleich vervielfältigen und versuchte, deren möglichst große Verbreitung bis tief nach Indien hinein zu bewirken, was sich aus den verschiedensten Gründen als äußerst schwierig erwies. Nicht nur, dass die Welt im Krieg war, dazu kam, dass jede Reise aus Bagdad heraus gut bewacht sein wollte, wenn man nicht einer der verschiedenen berittenen Banden in die Hände fallen wollte, die weitab jeglicher staatlichen Einflussnahme ihre traditionellen Territorien verteidigten. Da konnten die klugen Menschen in den Hauptstädten noch so viele Tintenstriche auf Landkarten zeichnen, die Turkmen in Golestan oder die Beduinen in der Syrischen Wüste würde das nicht beeindrucken.

Und so verhielt es sich, wie Stern in den letzten Monaten hatte erkennen müssen, doch letztlich auch mit dem ganzen Heiligen Krieg. Auf dem Papier hatten sie die Zustimmung aller Muslime und damit eigentlich bereits den Weltkrieg gewonnen. Alle Muslime in Indien, im Osmanischen Reich, in Persien, in Nordafrika und in den vielen muslimischen Gebieten Russlands waren nun geradezu verpflichtet, in den Kampf der Mittelmächte einzutreten. Die Gelehrten in Kerbela hatten eine Sure im Koran gefunden, die dies ausdrücklich ermöglichte: »Sofern ein Ungläubiger, der keine Rechtgläubigen bedrückt hat, im Kampf mit anderen Ungläubigen liegt, die die Unterdrücker der Rechtgläubigen sind, soll der Rechtgläubige diesem zu Hilfe eilen.«

Wenn das Pergament die Ziegenhaut wert gewesen wäre, die so kunstvoll beschrieben worden war, so hätte der verfluchte Krieg längst zu Ende sein müssen. Weder die Russen noch die Franzosen und schon gar nicht die Engländer hätten einen Krieg in der Mitte Europas weiterführen können, wenn die Muslime in ihren Kolonien sich gegen sie erhoben hätten. Jedoch war der Krieg, heilig oder nicht, den meisten Menschen hier einfach gleichgültig. Selbst die Muslime, die von der Nachricht hörten, fühlten sich nicht gerade aufgefordert, deswegen alles stehen und liegen zu lassen und in den Kampf zu ziehen. Und wohin hätten sie auch ziehen sollen?

Und sie waren ja nicht die einzigen Europäer, die im Orient unterwegs waren. In Kairo machte sich ein Engländer namens Lawrence einen Namen damit, den Emir von Mekka bei seinem Aufstand gegen den osmanischen Sultan zu unterstützen. Es gab sogar eine Engländerin, die Arabisch, Persisch und Türkisch sprach, und allein durch Mesopotamien reiste, die Landkarten des Orients neu zeichnete und von den Persern nur respektvoll »die Dame« genannt wurde. Anstatt alle Muslime weltweit zum Aufstand gegen die Entente zu bewegen, schienen die Briten mehr Glück darin zu haben, die Muslime zu spalten, sodass sich die Araber gegen das Osmanische Reich erhoben.

Vielleicht das einzige konkrete Ergebnis von Sterns Bemühungen war, dass er im Verlauf der vielen Expeditionen Malaria bekam. Und zwar, wie der Tropenarzt in Aleppo erstaunt lachend herausgefunden hatte, nicht nur eine Malaria, sondern gleich zwei ihrer Formen: Malaria tertiana und quartana, von zwei verschiedenen Erregern verursachte Arten des tropischen Wechselfiebers. Ständig litt er an Fieber, Schweiß und Entkräftung, aber alle paar Wochen traten die Symptome beider Malariae gleichzeitig auf, dann schüttelte ihn das Höllenfieber. Er war dann nicht mehr Herr seiner Sinne und sah mitunter Personen, die nicht im Raum sein konnten. Er sollte in den Norden abreisen, hatte ihm der Mediziner geraten, aber Stern hatte das bisher abgelehnt. Auch jenseits von ihrem Geheimauftrag hatte er hier so viel zu tun, und half den osmanischen Brüdern, nicht völlig von den Briten aufgerieben zu werden, die nur darauf warteten, in Bagdad einzumarschieren.

Doch vor genau zehn Minuten hatte Stern beschlossen, den Rat seines Arztes anzunehmen, zurück in den Norden, nach Deutschland also, zu fahren, sich auszukurieren und vielleicht seine Theodora entgegen ihrem gemeinsamen Vorsatz doch noch in Kriegszeiten zu heiraten. Denn als sie damals beschlossen hatten, ihre Ehe erst im Frieden zu schließen, hatte niemand an einen so langen Kriegsverlauf gedacht. Der Gedanke an seine

Geliebte war der größte Trost, der ihm in den letzten Monaten geholfen und der ihn davon abgehalten hatte, wie viele seiner Kameraden unziemliche Verhältnisse zu sehr zweifelhaften Frauen einzugehen oder den verschiedenen Rauschmitteln von Orient oder Okzident zu verfallen.

Fern von der Heimat, inmitten des Inbegriffs von Exotik und inmitten eines Krieges, wie ihn die Welt noch nicht gesehen hatte, gaben einige nur allzu gern den Verlockungen nach und sich den Verführungen hin. Doch so weit Stern auch reisen mochte, so fremd ihm seine Nachtlager auch erschienen – in Kerbela hatten sie nichts als unzählige Kissen erhalten, auf denen sie ruhen sollten –, so exotisch auch die Geräusche des Morgens waren, so fremdartig die Mahlzeiten, so grundverschieden die Sprache und die Art der Gesprächsführung, niemals fühlte er sich von Theodora entfremdet, immer dachte er an die zarte Haut ihrer Wangen und ihr schönes Lächeln. Stern hatte keine moralischen Einwände gegen das Verhalten seiner Kameraden, doch er selbst hätte nicht einmal bei einer der überall sich ihnen anbietenden Liebesdienerinnen sitzen können, ohne sich als Verräter an Theodora zu empfinden und an dem Gefühl, das er für sie empfand.

Doch so schön es war, an Theodora zu denken, seit ein paar Minuten war sie für ihn mehr als das, ein notwendiger Halt, der Felsen in der Brandung. Ein Bote hatte ihm ein Paket gebracht, und seitdem Stern dessen grausamen Inhalt gesehen hatte, brauchte er den Gedanken an Theodora, um seinen Verstand zusammenzuhalten, um etwas zu haben, für das es sich lohnte, diesen ganzen Irrsinn hier weiter zu betreiben und nicht den einfachsten und unsoldatischsten aller Auswege zu wählen.

Ein paar Wochen zuvor hatte eine Handvoll indischer Studenten aus Berlin in seinem Büro im Serail vorgesprochen, der Himmel allein wusste, was sie nach Bagdad verschlagen hatte. Für sie sprach der junge Nawaz, er kam aus gutem Hause, an der Charité hatte er sich zum Arzt ausbilden lassen. Er schlug vor, dass er Kopien der Fatwa aus Kerbela über die himmelhohen Berge und durch Khusistan hindurch nach Indien bringen würde, um so die Sache Deutschlands, dem sie in alle Ewigkeit in Dankbarkeit verbunden seien, bei den Schiiten Indiens zu befördern. Sie brauchten nichts als ein paar Pferde und etwas Geld, was ihnen Stern gern bewilligt hatte.

Und nun musste er Nawaz wiedersehen, beziehungsweise seinen blutigen Kopf in dem Paket, das ihm von persischen Nomaden zugestellt worden war. Die kleine Karawane war überfallen und ausgeraubt worden, völlig unabhängig von jeglichen politischen Beweggründen. Es war so sinnlos. Alles war sinnlos, außer seiner Liebe zu Theodora. Und möglicherweise außer dem Gefallen, den er Tassaout und Aderfit auf dem Weg nach Kerbela hatte erweisen können. Da die Wege aus dem Taurus nach Aleppo so schlecht waren, hatte sich ihre Expedition damals in drei Abteilungen aufteilen müssen, da sie unmöglich alle gemeinsam einen der schmalen, verfallenen Wege nehmen konnten. So war Stern mit den beiden Weggefährten aufgebrochen, den marokkanischen Kunstreitern seines Zirkus *Estrella*. Als sie die Dächer Aleppos schon sahen, brachte Stern sie zum Halten. Dann stellte er sich vor die beiden Kameraden. Er sprach Französisch, was Aderfit übersetzte, dabei schaute Stern aber die ganze Zeit über den jungen Tassaout an. Obwohl sie keine gemeinsame Sprache besaßen, hatte Stern eine große Sympathie für den jungen Mann, der ihn mit scheinbar unzerstörbarem Optimismus über das Mittelmeer, durch ganz Europa und nun nach Asien begleitet hatte. In einer weniger verrückten Welt wären sie einander niemals begegnet.

»Hört zu«, sagte Stern. »Und bitte hört mir gut zu. In wenigen Minuten werde ich in Aleppo eintreffen, *ich* allein. Major Klein hat die Pflicht, mich nach dem Verbleib meiner orientalischen Begleiter zu fragen. Und ich werde ihm erklären, dass diese beiden Männer leider mitsamt ihrer Pferde geflohen sind. Zu allem Unglück haben sie auch noch ihre ihnen vom Kaiser gnädig zur Verfügung gestellten Pässe bei sich. Unter diesen Umständen wird es schwer, wenn nicht unmöglich werden, ihrer wieder habhaft zu werden. Ich werde dem Herrn Major zu verstehen geben, dass die entsprechende Suchmeldung zwar von Wichtigkeit, jedoch von geringerer Wichtigkeit ist als die Versorgung unserer Pferde und die Erfrischung der Kräfte unserer Expedition ist. Es steht zu befürchten, dass die beiden Flüchtlinge sich, bis die Suchmeldung ihren preußischen Dienstweg gegangen ist, längst aus dem Staube, weit hinter den Quwaiq gemacht haben. Versteht ihr?«

Obwohl Aderfit einerseits die ganze Zeit übersetzte, so hatten er und Tassaout Stern dennoch sehr aufmerksam zugehört. Sie kannten einander inzwischen so gut, dass die beiden Marokkaner den Münsteraner aus Frankfurt sofort verstanden hatten. Stern hatte die Männer noch mit etwas Geld ausgestattet, was sie ohne Widerstand annahmen, denn wie hätten sie ihren Weg ganz mittellos schaffen sollen?

Dann hatten sich die drei umarmt und keine weiteren Worte verloren. Stern hatte sich noch einige Male umgedreht, um zu verfolgen, wie sich die kleine Staubwolke mit den beiden exotischen Kameraden entfernte. Es waren weder die Zeit noch der Ort für Wehmut.

Er konnte nur hoffen, dass die beiden es geschafft hatten und dass man sie nicht überfallen hatte, ausgeraubt, ihnen die Köpfe abgehackt oder ihre Körper im Sand verscharrt wegen ihres Geldes oder ihrer Pferde. Sie gaben ein gutes Duo ab, es bestand durchaus die Aussicht, dass sie es zurück geschafft hatten – nach Marrakesch, beziehungsweise sogar bis ins Atlasgebirge hinauf.

Paralipomena

Das Kasernengelände Am Treptower Park in Berlin-Alt-Treptow wurde 1908 zwischen Am Treptower Park, Elsenstraße, Bouchéstraße und der Bahnlinie für das *Telegraphen-Bataillon Nr. 1* der preußischen Armee gebaut. Nachdem an diesem Ort die Kavallerie-Telegrafen-Schule bereits vorher ihren Exzerzierplatz hatte, wurden dort nun Truppenunterkünfte gebaut. Nach dem Ersten Weltkrieg wurde das Gelände dem Polizeipräsidenten von Berlin unterstellt und diente im Zweiten Weltkrieg als *Heereswaffenmeisterschule* der Erprobung von Waffen und Munition zur Panzerabwehr. Nach dem Zweiten Weltkrieg besetzte die Rote Armee das Gelände für einige Jahre, bevor 1949 die Volkspolizei die Kaserne nutzte, einschließlich einer Politoffiziersschule der Volkspolizei. Ab 1962 waren in der Kaserne Grenztruppen der DDR stationiert. 1990 übernahm die Bundeswehr das Gelände, hier kam es zu den ersten Vereidigungen in die Bundeswehr auf Berliner Gebiet. Seit 1999 nutzt das Bundeskriminalamt die Gebäude, seit 2004 findet sich hier auch das *Gemeinsame Terrorismusabwehrzentrum* von BKA und Verfassungsschutz.

Die 1874 gegründete *Compagnie Internationale des Wagons-Lits* (CIWL) hatte sich in den 1870er- und 1880er-Jahren in vielen europäischen Staaten vertraglich den alleinigen Betrieb von Schlaf- und Speisewagen gesichert. Auch der Balkanzug von Berlin nach Konstantinopel wurde somit durch die CIWL betrieben. Obwohl die CIWL ihren Sitz in Brüssel hatte, war die Gesellschaft doch mehrheitlich in französischem Besitz. Da die Eigentümerschaft der *Compagnie* durch den »Erbfeind« bereits vor dem Krieg für Anstoß sorgte, setzte sich die Reichsregierung nach Kriegsausbruch nachdrücklich für die Beendigung des Monopols der Gesellschaft ein. Dies führte 1916 zur Gründung der *Mitteleuropäischen Schlafwagen- und Speisewagen Aktiengesellschaft* (Mitropa). Die Gesellschaft übernahm Wagen und Personal der CIWL. Mit Kriegsende wurde der Betrieb der Mitropa ausschließlich auf deutsches Gebiet beschränkt. Erst mit dem Ende des Zweiten Weltkrieges stellte die Mitropa den Betrieb vollständig ein. Danach spaltete sich die Mitropa in einen westdeutschen und einen ostdeutschen Teil auf. Der westdeutsche Teil wurde 1950 in *Deutsche Schlaf- und Speisewagengesellschaft* umbenannt, der ostdeutsche überlebte in der DDR in der Rechtsform einer Aktiengesellschaft. 2004 verkaufte die Deutsche Bahn die Mitropa an die britische *Compass Group*. Seit 2006 firmiert die Mitropa als *SSP Deutschland*.

Friedrich Wilhelm I. befahl 1737 allen Berliner Juden, die kein eigenes Haus besaßen, ins Scheunenviertel zu ziehen. Dieses Gesetz und die Regelung, dass Juden nur durch die beiden nördlichen Stadttore die Stadt betreten durften, führten dazu, dass an dieser Stelle ein Viertel mit starken jüdischen Kultureinflüssen entstand. Neben der Synagoge Heidereutergasse entstanden der Jüdische Friedhof Berlin-Mitte und der Jüdische Friedhof Schönhauser Allee in unmittelbarer Nähe zum Scheunenviertel. Die Heidereutergasse gab es von ca. 1723 bis 1968, sie verlief von der Rosenstraße bis zur Spandauer Straße in Höhe der Heilig-Geist-Kapelle. Beim Wiederaufbau des Gebietes wurde die Straße überbaut. Nach der Wende vergab die Bezirksverwaltung den Namen für die nach altem Verlauf in verkürzter Form angelegte Gasse entlang eines entstandenen Neubaus. Sie zweigt als Sackgasse westlich von der Rosenstraße ab. Hier stand seit 1714 die erste Synagoge, die von den zugewanderten Juden errichtet werden durfte.

Die Zerstörung des russischen Denkmals in San Stefano von Fuat Uzkınay war der erste türkische Film überhaupt. Es handelt sich dabei um einen Stummfilm, der als verschollen gilt. Der Film zeigt die Zerstörung des russischen Denkmals in San Stefano (heute Yeşilköy in Bakırköy/Istanbul) nach der Einnahme des Stadtteils durch die osmanische Armee am 14. November 1914. Die Errichtung des Denkmals war Teil des sogenannten

San-Stefano-Vertrages über die Kapitulation des Osmanischen Reiches nach dem russisch-osmanischen Krieg von 1878. Das Denkmal sollte an die gefallenen russischen Soldaten erinnern und stand an dem Ort, wo am 3. März 1878 der Vertrag zwischen den Kriegsgegnern unterzeichnet worden war. Da mit diesem Vertrag Serbien, Montenegro, Rumänien und Bulgarien aus dem Osmanischen Reich herausgelöst wurden, ist der 3. März seit 1880 bis heute bulgarischer Nationalfeiertag.

TALAT PAŞA (1874–1921) entstammte dem heute bulgarischen Teil des Osmanischen Reiches und erlebte so die Besetzung seiner Heimat durch die russische Armee. Der glühende osmanische Nationalist wurde schon früh ein führendes Mitglied der sogenannten Jungtürken. Ab 1911 trat er als Innenminister in die Regierung ein, wo er seit 1913 gemeinsam mit Kriegsminister Enver Pascha und Marineminister Cemal Pascha das regierende Triumvirat mit weitreichenden Vollmachten bildete. Als Innenminister stellte Talat die Deportationsbefehle aus, die die rechtliche Grundlage der Deportation der Armenier bildeten. Nach der deutschen Niederlage im Ersten Weltkrieg musste Talat zurücktreten und wurde von seinen Freunden überzeugt, aus dem Osmanischen Reich zu fliehen. Ein deutsches U-Boot brachte die jungtürkische Regierungsspitze in der Nacht vom 2. zum 3. November 1918 nach Odessa, von wo aus er sich nach Deutschland absetzen konnte. Vom 10. November an lebte Talat Paşa unter dem Namen Ali Sai in Berlin, erst in einem Hotel am Alexanderplatz, später in der Charlottenburger Hardenbergstraße. Hier wurde er am 15. März 1921 von Soghomon Tehlirian erschossen, Mitglied des geheimen armenischen Kommandos *Operation Nemesis*, das die Schuldigen am Genozid an den Armeniern verfolgte und tötete. Tehlirian wurde noch im Juni 1915 vom Landgericht Berlin trotz seines Schuldeingeständnisses freigesprochen, da er von der Schuld des Türken am Tod seiner Familie überzeugt gewesen sei. Talats sterbliche Überreste wurden fast zwanzig Jahre später, am 25. Februar 1943, unter militärischen Ehrenbezeugungen von Berlin nach Istanbul überführt und dort am Denkmal der jungtürkischen Revolution beigesetzt. Tehlirian starb 1960 in San Francisco, er gilt als armenischer Nationalheld.

Am 13. Juli 1915 wurde im Halbmondlager auf Wunsch des Muftis von Istanbul die erste zur Religionsausübung gedachte Moschee auf deutschem Boden eingeweiht, vorher hatte es nur als Schmuckbauten angelegte Moscheebauten gegeben, beispielsweise im Schwetzinger Schlosspark. Die Wünsdorfer Holzmoschee musste 1924 infolge Baufälligkeit geschlossen werden und wurde 1925/26 abgerissen. 2015 fanden Archäologen der Freien Universität Berlin Überreste der Moschee. Das Team stieß auf Verspannungsdrähte und Eisenbolzen der Holzkuppel sowie Glasscherben der Moschee-Fenster.

Nach Abschluss der Grabungsarbeiten wurden auf dem Gelände Container zur Unterbringung von Asylbewerbern aufgestellt.

OTTO MAX JOHANNES STIEHL (1860–1940), war Leiter des Wünsdorfer Halbmondlagers. Er veröffentlichte *Unsere Feinde* (Verlag Julius Hoffmann, 1916) mit 96 Fotografien aus den Gefangenenlagern, gewidmet seinen zwei an der Westfront gefallenen Söhnen. Das Buch verkaufte sich über 25.000 Mal. Für die in Wünsdorf verstorbenen Tartaren entwarf Stiehl einen Gedenkstein, der anlässlich des Bayramfestes im August 1916 eingeweiht wurde und dort bis heute zu besichtigen ist. 1923 wurde Stiehl zum Oberbaurat befördert, ging 1925 in den Ruhestand und verstarb 1940 in Berlin-Steglitz.

HANS-HEINRICH DIECKHOFF (1884–1952) arbeitete ab 1922 an der Deutschen Botschaft in Washington, D.C., seit 1937 als Botschafter. Dieckhoff war schon aus Washington abberufen, als Deutschland am 11. Dezember 1941 aus Solidarität mit dem verbündeten Japan den USA den Krieg erklärte, das drei Tage zuvor mit dem Angriff auf Pearl Harbor den USA den Krieg erklärt hatte. Dieckhoff hatte stets vor einem Krieg gegen die USA gewarnt, da er sie für zu stark und mächtig hielt. 1943 war Dieckhoff noch für kurze Zeit Deutschlands Botschafter in Madrid, wurde von diesem Posten aber im Zusammenhang mit dem Umsturzversuch vom Juli 1944 abberufen, auch wenn Dieckhoff die Mitverschwörung nicht nachgewiesen werden konnte. Nach dem Ende des Zweiten Weltkrieges wurde er von den Alliierten nicht angeklagt. Da er in seiner langen diplomatischen Laufbahn immer wieder mit tief greifendsten moralischen Fragen konfrontiert war und dennoch fast nie eine Haltung erkennen ließ, nannte Sylvia Taschka ihre Arbeit über ihn: *Diplomat ohne Eigenschaften* (Steiner, 2006).

KONSTANTIN HERMANN KARL FREIHERR VON NEURATH (1873–1956) wurde Ende 1916 auf eigenen Wunsch aus dem diplomatischen Dienst in Konstantinopel entlassen, in den er 1919 als Gesandter in Kopenhagen und 1921–1930 als Botschafter in Rom zurückkehrte. 1930–1932 war er Botschafter in London. 1932 wurde er Außenminister, ein Posten, den er bis 1938 innehatte. 1937 wurde ihm wie allen parteilosen Kabinettsmitgliedern von Hitler das Goldene Parteiabzeichen verliehen, wodurch er NSDAP-Mitglied wurde. 1938 übernahm Ribbentrop das Außenamt und Neurath wurde zum Reichsminister ohne Geschäftsbereich. 1939 wurde er Reichsprotektor von Böhmen und Mähren, ein Posten, für den er aber von Hitler für nicht ausreichend brutal befunden wurde, sodass er 1941 beurlaubt und 1943 auch förmlich von diesem Posten enthoben wurde. Bei den Nürnberger Prozessen wurde er zu 15 Jahren Gefängnis verurteilt, von denen er 9 Jahre im Kriegsverbrechergefängnis Spandau verbüßte.

KARL EMIL SCHABINGER FREIHERR VON SCHOWINGEN (1877–1967) reiste von Konstantinopel zurück nach Berlin, wohin er den Tunesier Schaich Salih Aschscharif Attunisi begleitete, der den Plan verfolgte, in Deutschland eine islamische Universität mit islamischen Lehrern zu gründen. Schabinger von Schowingen übersetzte von Schaich Salih das Buch *Die Wahrheit über den Glaubenskrieg* (Reimer, 1915), eine pro-dschihadistische Propagandaschrift. Danach reisten die beiden an die Westfront, um bei muslimischen Kämpfern auf französischer Seite Propaganda für den Dschihad zu machen. Nach Kriegsende arbeitete Schabinger von Schowingen wieder im Auswärtigen Amt, bis er 1924 seinen aktiven Dienst beendete. Am 1. November 1930 trat er in die NSDAP ein. Er starb 1967 kurz vor seinem 90. Geburtstag in Baden-Baden. Seine Memoiren wurden im selben Jahr von seinem Sohn, Herrn Landgerichtsdirektor Dr. Karl Friedrich Schabinger Freiherr von Schowingen, unter dem Titel *Weltgeschichtliche Mosaiksplitter* in Manuskriptform veröffentlicht. Diese *Erlebnisse und Erinnerungen eines kaiserlichen Dragomans* enden 1917.

EDGAR STERN-RUBARTH (1883–1972) reiste 1917 nach Deutschland zurück und heiratete dort. Nachfolgend führte er – für seine Zeit überaus ungewöhnlich – den Doppelnamen. Die standesamtliche Trauung erfolgte in Rheydt, wo seine Frau am Lyzeum unterrichtete, die kirchliche Hochzeit wurde vom Armeebischof am 8. August 1917 im Kölner Dom abgehalten. Die Hochzeitsreise führte die Eheleute nach Karlsbad, wo Stern-Rubarth sich von seinen Tropenkrankheiten zu erholen versuchte. Er beendete seinen Armeedienst hochdekoriert. 1925 wurde er zum Chefredakteur der Nachrichtenagentur *Wolffs Telegrafisches Büro*, ein Posten, von dem er nach der Machtergreifung 1933 sofort zurücktreten musste, da an der Spitze des »wichtigsten Nachrichten-Instruments der Reichsregierung« kein nationalliberaler Mann mit jüdischer Verwandtschaft stehen konnte. Das Ehepaar emigrierte 1936 nach London, Stern schrieb von dort für die britische Presse über Deutschland und nach 1945 wieder für deutschsprachige Zeitungen, auch wenn er bis zu seinem Lebensende in seinem Haus im Stadtteil Finchley wohnte. Zur Festschrift zu seinem 80. Geburtstag trägt Theodor Heuss ein Grußwort für den »lieben Freund« bei. Zentrales Anliegen der letzten Jahrzehnte von Stern-Rubarths Lebens war eine europäische Aussöhnung und Einigung. Seine Lebenserinnerungen hat er in dem Buch *... Aus zuverlässiger Quelle verlautet ...* (Kohlhammer, 1964) veröffentlicht, das als Grundlage für den fiktionalen Stern des hier vorliegenden Buches diente.

Dank

Dieses Buch wäre nicht entstanden ohne Markus Bräuer, den ich auf eine unvergessliche Reise nach Israel und in die Palästinensischen Gebiete begleiten durfte. Dieser Reise verdanke ich die Begegnung mit Prof. Dr. Dr. Dr. Vieweger, dem unfassbar kenntnisreichen und ebenso freundlichen Gelehrten, der mich auf die engen deutsch-muslimischen Beziehungen hinwies. Christin Sfaxi, Arabistin aus der Abteilung Orient & Altertum der Bibliothek der FU Berlin, danke ich herzlich für wertvolle Verweise auf die Kulturen der Berber und Gnawa.

Inhalt

Jakob Heins lustig-bizarrer Schelmenroman über einen, der fast alles durchschaut. Außer sich selbst.

»Ein Roman, bei dem man allein im Zimmer laut lacht« *NDR*

KiWi

Leseproben und mehr unter www.kiwi-verlag.de

Das Land der Ossis: Nacktbaden in der Ostsee, jedes Kind war ein Pionier – vor allem aber: ganz viel Sex im Ferienlager! Der helle Wahnsinn, findet die in Berlin lebende Engländerin Jacinta Nandi. Schade nur, dass ihre Ossi-Freunde nichts davon erzählen wollen. Bis auf Jakob Hein.

Leseproben und mehr unter www.kiwi-verlag.de KiWi

»Nach all den anständigen, super korrekten Büchern über Ernährung, Veganertum und die böse Fleischindustrie endlich mal eine bitterböse, unkorrekte Satire« *Radio Fritz*

Leseproben und mehr unter www.kiwi-verlag.de

»Tom Hillenbrand schreibt nicht nur einen spannenden Wirtschaftskrimi, sondern auch einen blendend recherchierten, knallprallen Historienroman. Ein großes Lesevergnügen.« *Stern*

Leseproben und mehr unter www.kiwi-verlag.de

Harro & Libertas – das Paar, das Deutschlands Widerstand gegen die Nazis prägte: Bestsellerautor Norman Ohler erzählt die unglaubliche, aber wahre Geschichte zweier idealistischer Liebender, um die sich ein Netzwerk bildete, das sich dem NS-Terror entgegenstellte und dem fast zur Hälfte Frauen angehörten. Es ist der Widerstand der Berliner Boheme.

Leseproben und mehr unter www.kiwi-verlag.de

Kiepenheuer
& Witsch

»Ein spannender historischer Roman mit Krimi-Effekten – und einfach eine wunderbare Geschichte aus einer verloren gegangenen Welt.« *Neue Westfälische*

Leseproben und mehr unter www.kiwi-verlag.de